GEFÄHRLICHER BOSS

GEBRÜDER BRATVA BUCH FÜNF

WILLOW FOX

SLOWBURN
PUBLISHING

ÜBER DIESES BUCH

Jeder Schurke hat seine Schwäche. Sie ist meine.

Es braucht mehr als einen Kopfschuss, um einen Typen wie mich zu töten, aber die Bastarde haben mich erwischt.

Das muss ich ihnen lassen.

Sie haben mich so gut erwischt, dass ich, als ich endlich wieder aufwache, feststellte, dass ich wochenlang im Koma lag.

Nicht Tage. Wochen.

Und das Seltsame ist, dass ich mich an nichts was an diesem Tag passierte erinnern kann. Nicht daran, wer mich gerettet hat, nicht daran, wie die Sanitäter ankamen. An nichts.

Aber ich weiß noch, wer ich bin. Ich tue aber so, als ob ich es nicht wüsste.

Glaubt mir, so ist es sicherer.

Sicherer für mich, für die Leute, die an der Sache beteiligt sind, und für die fremde Frau, die neben meinem Bett sitzt, als ich aufwache.

Sadie ist diejenige, die mich im Wald gefunden hat. Sie ist diejenige, die den Notruf gewählt hat. Und wie ich bald herausfinde, ist sie auch die einzige Person, die mich seit Wochen besucht hat.

Ich mag es zwar nicht, anderen einen Gefallen zu schulden, aber selbst ich muss zugeben, dass ich ihr mein Leben verdanke.

Wenn sie als Gegenleistung nur einen falschen Freund braucht, dann werde ich genau das sein.

Ich muss mir immer wieder vor Augen führen, dass es nur ein Schauspiel ist. Um unser beider willen...

EINS

SADIE

Peng! Ein Schuss hallt durch den Wald. Er kam aus der Ferne. Die Bäume sind dicht bewachsen und das Sonnenlicht wird durch das Dickicht der Blätter blockiert.

Ich sollte in die entgegengesetzte Richtung laufen und mich von der gefährlichen Situation da vorn fernhalten, aber es gibt nur einen Weg und wenn ich umdrehe, muss ich noch zehn Meilen weiterlaufen.

Ich bin fast wieder an meinem Auto.

Noch zwei Meilen.

Meine Schwester hat mir immer gesagt, dass ich nicht allein wandern soll. Sie warnte mich, dass gefährliche Männer in den Wäldern gerne Frauen entführen, die in Menschenhändlerringe verwickelt sind.

Wandere nie allein.

Sie war immer ein wenig übervorsichtig. Ich kann ihr ihre Ängste nicht verübeln. Sie hat schlechte Erfahrungen auf dem College gemacht, ihr Studium abgebrochen und ist zu Hause bei Mama und Papa eingezogen.

Aber wir sind uns nicht ähnlich.

Ein zweiter Schuss ertönt, nicht ganz in Folge. Als ob es einen Kampf gegeben hätte. Ich kann mir ein Dutzend verschiedene Szenarien ausmalen.

Die Reifen quietschen, es wird Staub aufgewirbelt, als das Fahrzeug eilig davon fährt.

Ich jogge abseits des ausgetretenen Pfades in Richtung der Stelle, an der kurz zuvor die Schüsse gefallen sind. Das Fahrzeug ist verschwunden. Die Gefahr muss auch nicht mehr unmittelbar bevorstehen.

Ich kenne die Stelle nicht genau. Die Bäume sehen alle gleich aus. Ich weiß nicht, wonach ich suche, als ich über seinen warmen, leblosen Körper stolpere.

Sein Teint ist blass und Blut tropft von seiner Stirn. Er hat eine frische Schusswunde an der Schläfe. Wer auch immer ihn erschossen hat, hat ihn zum Sterben zurückgelassen.

Ich lasse mich auf die Knie fallen und suche nach seinem Puls. Er ist schwach und auf seiner porzellanfarbenen Haut stehen Schweißperlen, die sich mit Blut vermischen.

Ich hole mein Handy aus der Tasche, wähle den Notruf und gebe meinen Standort an, so gut ich kann und was ich weiß, was aber nicht viel ist.

„Beeilt euch", sage ich.

Die 9-1-1-Mitarbeiterin lässt mich nicht auflegen. Sie hält mich in der Leitung. „Atmet er?"

Ich beuge mich nach unten und spüre, wie ein leiser Atemzug aus seiner Lunge entweicht. „Kaum", sage ich. „Sein Puls ist sehr schwach."

„Hilfe ist auf dem Weg. Sie sollten bald da sein."

Ich stelle das Telefon auf Lautsprecher und durchsuche die Taschen des Sterbenden nach einem Ausweis. Er hat keine Brieftasche bei sich. Keine Schlüssel. Kein Telefon.

Hatte ihn jemand hierhergefahren, um ihn zu töten und seine Leiche zu entsorgen?

Tattoos bedecken seine Arme. Sein Bart ist dicht und passt zu seinen Haaren. Selbst in der Bewusstlosigkeit strahlt er eine gewisse Rauheit aus.

„Wer bist du?", flüstere ich.

Er antwortet nicht.

Die Rettungssanitäter treffen ein und als sie uns im Wald abseits der ausgetretenen Pfade finden, bin ich mir nicht sicher, ob der gut aussehende Fremde noch am Leben ist. Ich versuche, einen Puls zu finden. Er ist schwach, aber er ist da.

Ich sollte weggehen, zu meinem Auto zurückkehren und nie wieder an ihn denken.

Das wäre eine kluge Entscheidung.

Jemand will ihn tot sehen. Wenn er überlebt, macht das ihren Plänen einen Strich durch die Rechnung.

Ich erfahre von den Sanitätern den Namen des Krankenhauses und eile zurück zu meinem Auto. Soll ich ihnen folgen oder nach Hause fahren und mich umziehen?

Allie verbringt den Monat als Junior Counselor mit ihren Freunden im Sommercamp, was mir zumindest Zeit gibt, die Katastrophe zu verarbeiten, die gerade passiert ist.

Ich folge dem Krankenwagen zum Krankenhaus, nicht dass ich über die Krankenwageneinfahrt oder die Doppeltüren hineingelassen werde. Ich gebe dem Krankenhaus alle Informationen, die ich habe, und werde gebeten, im Wartezimmer Platz zu nehmen. Ich sollte nach Hause gehen und duschen. Das Blut klebt an meiner Jeans und mein Hemd ist bcfleckt.

Wenigstens ist es nicht mein Blut.

Zwei Polizeibeamte sprechen mit der Krankenschwester am Schalter, bevor sie auf mich zeigen. Ich presse meine Lippen zusammen und atme scharf ein, als sie sich nähern.

„Ma'am, Sie waren am Tatort der Schießerei?", fragt der Beamte.

Ich stehe auf, um auf gleicher Höhe mit ihnen zu sein, wenn ich ihre Fragen beantworte. „Ich habe Schüsse gehört", sage ich. Es ist mir unangenehm, mehr zu verraten. Ich weiß nicht, was passiert ist, und ich will nicht in einen Krieg zwischen Dieben und gefährlichen Männern hineingezogen werden.

Er ist gefährlich. Das spüre ich und hätte bei der ersten Gelegenheit, die sich mir bot, nachdem ich den Notruf gewählt hatte, zu meinem Haus flüchten sollen.

Ich bin kein Unmensch. Ich würde keinen Menschen zum Sterben zurücklassen, wie der Mann aus dem Fahrzeug. Ich kann nur vermuten, dass es ein Mann war, es sei denn, es handelte sich um einen Streit unter Liebenden, der in einem Mordversuch endete.

„Haben Sie etwas gesehen?", fragt der Beamte und holt seinen Notizblock und Stift hervor, um meine Aussage zu dokumentieren.

„Nein."

„Kennen Sie den Namen des Mannes, der erschossen wurde?"

Ich schüttle den Kopf. „Nein. Ich habe ihn heute das erste Mal gesehen."

„Wie viele Schüsse haben Sie gehört?", fragt der Beamte.

„Zwei", sage ich, und die beiden Beamten tauschen einen stummen Blick aus. Nur einer hat die ganze Zeit über gesprochen. Der andere wirkt jünger, als wäre er ein Neuling in der Ausbildung.

„Und Sie haben keine anderen Opfer oder den Täter gesehen?"

„Was? Nein." Wurde noch jemand erschossen? Könnte es der Fahrer gewesen sein, der den Mann zum Sterben zurückgelassen hat?

„Was ist mit einem Fahrzeug?", fragt der Beamte. Er tippt mit der Spitze seines Stifts auf seinen Notizblock.

„Ein schwarzer Geländewagen. Er war dunkel und weit weg. Es könnte aber auch Marineblau gewesen sein", erzähle ich, ohne mich genau zu erinnern. Die Reifen quietschten und er ist schnell weggefahren.

Er notiert sich das und gibt mir seine Karte. „Wenn Ihnen noch etwas einfällt."

Die beiden Beamten kehren zum Schalter zurück, sagen etwas zu der Frau und dann öffnen sich die Doppeltüren und sie werden nach hinten durchgelassen.

Beabsichtigen sie, den Fremden aus dem Wald zu verhören? Ich bezweifle, dass er in seinem Zustand in der Lage ist, viel zu sagen.

Ich setze mich wieder auf die kratzigen, gepolsterten Stühle im Wartezimmer des Krankenhauses. Der Fernseher ist eingeschaltet; der Ton ist stumm geschaltet, aber die Untertitel laufen. Ich kann kaum zwei Worte auf dem Bildschirm zusammensetzen. Mein Verstand ist wie benebelt.

Eine Stunde später, oder vielleicht auch zwei Stunden, die Zeit schein stehengeblieben zu sein kommt ein Arzt hinter den Doppeltüren hervor. „Sind Sie mit dem vorhin eingelieferten John Doe hier?", fragt er und schaut mich an.

Das Blut an meiner Kleidung ist ein guter Indikator. „Ja", sage ich.

Der Arzt kommt näher und ich atme scharf ein.

Sind es schlechte Nachrichten?

Wird er mir sagen, dass er es nicht geschafft hat?

„Wir haben es geschafft, die Kugel zu entfernen, aber aufgrund der Schwellung im Gehirn und des Fiebers haben wir ihn in ein künstliches Koma versetzt. Wir werden seine Vitalfunktionen und seine Gehirnaktivität weiter überwachen. Er ist noch nicht über den Berg." Der Arzt verzieht bei dieser Bemerkung das Gesicht. „Darf ich vorschlagen, dass Sie nach Hause gehen und duschen, wenn Sie vorhaben, hierzubleiben? Wir werden noch eine ganze Weile nichts wissen."

„Danke", sage ich.

Ich höre auf seinen Rat. Als er durch die Doppeltür verschwunden ist, verlasse ich das Krankenhaus und gehe zu meinem Auto im Parkhaus.

Warum bin ich hierhergekommen? Was hatte ich gehofft, tun zu können?

Ich kann nicht ändern, was passiert ist.

Eine ängstliche Energie strömt durch mich hindurch. Ich kann nicht still sitzen und meine Wanderung hat nicht dazu beigetragen, dass ich müde geworden bin. Das muss an dem zusätzlichen Adrenalin liegen.

Ich fahre durch die Stadt nach Hause in meine Wohnung. Ich betrete das Badezimmer ziehe mich aus und dusche. Blut fließt in den Abfluss. Ich bin erleichtert, dass es nicht meins ist, aber ich sehe immer wieder sein Gesicht, an dem sich das Blut um seinen Kopf sammelt.

Das Geräusch von quietschenden Reifen hallt in meinem Kopf wider.

Jemand wollte seinen Tod. Aber wer? Und warum? Ich sollte mich vom Krankenhaus und von ihm fernhalten, aber ich kann meine Neugierde nicht unterdrücken.

Es hilft auch nicht, dass meine Tochter Allie für die nächsten Wochen verreist ist. Auf ihren Wunsch hin habe ich sie als Junior Counselor ins Sommercamp geschickt. Alle ihre Freunde sind dieses Jahr Junior Counselor und sie wollte auf den Freiwilligenzug aufspringen und ihnen folgen.

Das macht mir ehrlich gesagt nichts aus. Es ist gut für sie, den Sommer über aus der Wohnung heraus zu sein. Mit ihren dreizehn Jahren ist sie noch zu jung für einen Job, abgesehen von dem gelegentlichen Babysitten, das sie bei der Frau mit dem Kleinkind in unserem Haus übernimmt.

Ich sprühe mich mit Deo ein und lasse den Gestank und die Beweise dafür, worin ich verwickelt war, zusammen mit der Angst verschwinden. Ich liebe Kriminalfilme. Ich liebe Filme, die voller Spannung sind. Das hier ist das ultimative Mysterium; ich kann nicht einfach nur dasitzen und von der Seitenlinie aus zusehen.

Ich möchte Antworten. Und ich werde sie nicht in meinem Haus bekommen.

Nachdem ich geduscht und mich angezogen habe, esse ich einen kleinen Happen, bevor ich ins Krankenhaus zurückkehre. Ich habe den Nachmittag frei, obwohl ich ein paar Besorgungen machen und die Wohnung aufräumen muss, scheint das alles nicht wichtig zu sein.

Ein Mann wäre heute fast gestorben.

Es wurden zwei Schüsse abgefeuert.

Hatte es nach dem ersten Schuss einen Kampf gegeben? Könnte das der Grund für die Verzögerung zwischen den Schüssen sein? Oder war noch jemand anderes angeschossen worden? Die Polizei wusste etwas, aber sie hat nichts gesagt.

Was zum Teufel ist da draußen im Wald passiert?

———

Als ich zurück im Krankenhaus bin, gehe zu seinem Krankenzimmer, bleibe aber auf dem Flur stehen, bevor ich in sein Zimmer schaue.

Es gibt keine Blumen, keine Gäste oder Besucher an seinem Bett. Die Jalousien sind geöffnet und lassen ein warmes, bernsteinfarbenes Licht in den Raum fallen. Die grellen Leuchtstoffröhren über dem Bett sind ausgeschaltet.

Er hat seinen Anzug, der am Kragen mit Blut verkrustet war, nicht mehr an. Seine Augen sind geschlossen. Er liegt regungslos, schlafend in einem blassgrünen Krankenhauskittel da. Eine weiße Decke bedeckt ihn bis knapp über die Taille.

Seine Arme liegen an der Seite. Außerhalb der Decke ist ein Arm an eine Infusion angeschlossen. Beide Arme sind mit Tattoos bedeckt, Dutzende davon mit komplizierten Mustern.

Unter seinem Krankenhauskittel sind bunte Kabel versteckt, die durch die Ärmel und den oberen Teil des Kittels herausschauen und an einen Monitor angeschlossen sind.

Sie überwachen seinen Herzschlag und seine Vitalwerte.

Er ist still, unbeweglich. Er schläft.

Das Krankenhausarmband an seinem linken Handgelenk zeigt an, dass er *John Doe* ist.

Mein Telefon klingelt und ich hole mein Handy aus der Handtasche. Ein Lächeln huscht über meine Züge, als ich sehe, dass Allie mir eine SMS schreibt. Sollte sie nicht mit den Bastel- oder Wasseraktivitäten für Kinder im Camp beschäftigt sein?

Mama, ist alles in Ordnung? Warum bist du im Krankenhaus?

Ich ziehe meine Unterlippe zwischen die Zähne. Ich habe eine Tracking-App auf meinem Handy, mit der ich sehen kann, wo meine Tochter ist. Wir haben es so eingestellt, dass es in beide Richtungen geht und sie auch sehen kann, wo ich mich aufhalte.

Ja, ich besuche nur einen Freund. Wie ist das Camp? Schreibe ich zurück.

Welcher Freund?

Sie vermeidet es, meine Frage zu beantworten.

Ich erzähle es dir, wenn du zu Hause bist. Es gibt zu viel zu tippen, und ich will sie nicht beunruhigen. Außerdem, was genau würde ich schreiben, dass ich einen gut aussehenden Mann gefunden habe, der ermordet und dem Tod überlassen wurde?

Seufzend möchte ich nicht einmal vor mir selbst zugeben, dass er gut aussieht. Denn das ist nichts, was ich bereit wäre, einzugehen.

Seit Allie geboren wurde, habe ich es vermieden, etwas Ernstes mit einem Mann anzufangen. Bei dem Gedanken, sie einem Mann vorzustellen, dreht sich mir der Magen um, und ich möchte nicht, dass sie sich an ihn bindet und es ihr das Herz bricht, wenn es nicht klappt.

Allie ist und war immer meine Priorität. Ich will vor allem, dass sie glücklich ist. Obwohl sie jetzt älter ist und nicht mehr so oft da ist, hauptsächlich in diesem Sommer, halte ich es für keine gute Idee, mich in eine Sommeraffäre zu stürzen.

Eine Krankenschwester betritt das Krankenzimmer und misst seine Vitalwerte. „Gehören Sie zur Familie?", fragt sie und blickt zu mir herüber. Ihre Augen sind voller Hoffnung.

Ich zögere. Wenn ich nein sage, werden sie mich wahrscheinlich nicht bleiben lassen. Und warum sollte ich überhaupt hier sein?

Mein Schweigen ist Antwort genug.

Sie seufzt leise und tippt auf die Tastatur, um seine Vitalwerte aufzuzeichnen. „Schön, dass er wenigstens jemanden hat", sagt die Krankenschwester und schenkt mir ein schwaches Lächeln.

Ich wende meinen Blick ab und schaue auf den schlafenden Mann hinunter. Seine Arme sind mit Tattoos bedeckt, und oben, an seinem Kittel, lugt ein Sterntattoo hervor. Es ist deutlich. Kühn. Unvergesslich.

Ich habe diesen Stern schon einmal gesehen. Das Bild brennt sich in mein Gedächtnis ein. Das muss ein Zufall sein.

„Bitte, Tante Sadie", fleht Olivia und drückt mir das Virtual-Reality-Headset in die Hand.

„Ich würde dir lieber beim Spielen zusehen."

„Das ist langweilig." Allie rollt mit den Augen. „Niemand möchte jemandem beim Spielen eines Videospiels zusehen."

Allie hat nicht unrecht, aber ich bin schrecklich in Videospielen. Es ist Jahre her, dass ich mich mit einem Nintendo vor einen Fernseher gesetzt habe. Das ist mir fremd. Ich nehme das weiße Headset und setze es mir auf den Kopf. Olivia kommt von hinten und zieht die Riemen fest, damit sie gut sitzen.

„Ist das gut so?", fragt sie.

Das Headset wackelt nicht mehr auf und ab. Es sitzt sicher. „Ja. Was soll ich denn jetzt machen?" frage ich.

Sie drückt mir die Controller in die Hand. „Klick auf das Feld für Orc Hunter."

Orc Hunter ist zufällig ihr Lieblingsspiel. Mit Pfeil und Bogen auf Orks, Drachen und andere Fabelwesen schießen. Olivia hat es geschafft, Allie zu überreden, so oft wie möglich mit ihr zu spielen, wenn sie zusammen sind.

„Mama, können wir auch ein VR-Headset bekommen? Es würde so viel Spaß machen, mit Olivia zu spielen, wenn wir nicht zusammen sind", sagt Allie.

Ich wusste, dass sie mich nicht nur spielen ließ, weil es langweilig ist, nur zuzusehen. Die Mädchen haben immer einen Plan ausgeheckt. Schon als Kinder haben sie versucht, mich mit meinem Nachbarn zu verkuppeln. Er war der nächste männliche Single in der Nähe. Das Einzige, was wir gemeinsam hatten, war, dass wir beide gerne mit Männern ausgingen.

Ich klicke das Kästchen für Orc Hunter an und warte, bis das Spiel geladen ist. „Bist du sicher, dass du nicht spielen willst?," frage ich und versuche, das Headset wieder an Olivia oder Allie zugeben.

Olivia kichert, gibt aber nicht klein bei. „Nein, das machst du allein. Wir können auf mein Telefon casten, dann kann ich sehen, was du machst, wenn du spielst."

„Wunderbar", murmele ich vor mich hin. Die Mädchen werden sich über mich lustig machen können.

„Klick auf Multi-Player", weist Olivia mich an, während sie von ihrem Handy aus zusieht.

„Ernsthaft?" Ich habe noch nicht einmal gelernt, wie man spielt, und sie wirft mich mit anderen Leuten zusammen.

„Einmal musst du es ja lernen." Allie kichert.

„Such dir einfach einen Raum aus, der offen ist", sagt Olivia. Sie spielt schon seit einer Weile Orc Hunter.

Vier Spiele sind offen, und ich springe in eines auf Welle 34. Das ist die niedrigste Welle, die ich sehe. Die Zahl steht vermutlich für das Level.

Ich stürze mich in das Spiel und es dauert ein paar Minuten, bis ich den Dreh raus habe, wie man mit Pfeil und Bogen schießt. Der Controller vibriert leicht vor Spannung, als ich den Bogen zurückziehe. Ich ziele und schieße, verfehle mein Ziel aber völlig.

Orks pirschen in verschiedenen Farben auf das Tor zu, von leuchtend orange, wie Käseflips, bis zu grauen, Stachel behelmten Kobolden.

„Hey, Olive", ertönt eine junge Frauenstimme durch das Headset.

„Hallo?" Ich habe gar nicht bemerkt, dass ein Mikrofon eingeschaltet ist und die anderen Spieler mich hören können!

„Meine Tante spielt", ruft Olivia aus der Nähe. Sie ist weit genug weg, damit sie mich nicht anrempelt, da ich außerhalb des Headsets nichts sehen kann, aber laut genug, dass die anderen Spieler mich hören können.

Ich schieße einem Ork in die Brust. „Warum ist er nicht gestorben?" Der Ork hebt die Axt in seiner Hand und wirft sie mir an den Kopf.

„Duck dich!", schreit Olivia.

Aber es ist zu spät.

Ich ziehe eine Grimasse und zucke zusammen, als ein roter Bildschirm mich warnt, dass ich raus bin.

„Ist schon gut. Du kommst in der nächsten Welle wieder", ermutigt mich Olivia, während ich auf die Anzeigetafel starre.

Ich bin schlecht, aber es könnte schlimmer sein in Anbetracht dessen, dass ich zum ersten Mal spiele.

Ich will nicht zugeben, dass es sogar für ein paar Sekunden Spaß gemacht hat, zu spielen.

Ein anderer Spieler springt in meine Box, in der ich stehe, und schießt mit einem Pfeil auf mich. „Du bist wieder da", sagt er. Er hat einen dicken russischen Akzent und man merkt an seinem Tonfall, dass er kein Kind ist.

„Was?" Ich bin einen Moment lang fassungslos und weiß nicht, was ich tun soll.

„Schieß auf Orks", befiehlt er. Sein Benutzername erscheint in kleinen orangefarbenen Buchstaben, als er spricht: Bearded Bad Boy.

Innerlich stöhne ich auf. Natürlich ist das sein Bildschirmname. Nur beschreibt „Boy" nicht ganz die Stimme, die ich höre. Es sollte Mann heißen. Bearded Bad Man. Nein, das hat nicht ganz den gleichen Klang.

„Bin schon dabei." Ich drehe mich zum Tor, auf das die Orks zugehen, spanne meinen Bogen und gebe einen Schuss nach dem anderen ab. Mein Ziel ist nicht viel besser, aber ich ducke mich wenigstens, um der nächsten Axt auszuweichen, die nach meinem Kopf geworfen wird.

„Du lernst schnell", sagt der bärtige Bad Boy.

Ich hätte fast Lust, ihn zu fragen, was ihn zu so einem bösen Jungen macht, aber Olivia ist im Raum und ich will nicht, dass unsere kurze Unterhaltung schmutzig wird.

Es ist viel zu lange her, dass ich mich mit einem Mann unterhalten habe, geschweige denn mit einem geschlafen habe. Meine Gedanken sind viel zu unrein. Vielleicht hilft es, wenn ich mich vom Klang einer sexy Männerstimme ablenke und mich darauf konzentriere, Fabelwesen zu erschießen.

Als wir alle Orks abschlachten, endet die Welle und zwanzig Sekunden später beginnt die nächste Welle, als sie auf dem Bildschirm aufpoppt: Welle 35. Es bleibt nicht viel Zeit für eine Pause.

„Scheiße", fluche ich und schaue nach oben, als mehrere grüne Drachen über den Himmel fliegen. Der Russe und das jüngere Mädchen, das Olivia zu kennen scheint, schießen sie ab. Ich atme erleichtert auf und schieße auf die ankommenden Orks, die über die Brücke schreiten.

Jedes Level wird komplexer und intensiver. „Für einen Neuling bist du gar nicht so schlecht", sagt der Russe.

„Das erste Mal", sage ich und lache. Wenigstens fordern sie mich nicht auf zu gehen, damit ein anderer Spieler einsteigen kann. Ich würde mich nicht schlecht fühlen, wenn sie es täten. Ich bin eine absolute Niete.

Das Spiel ist rasant, aber wir halten nicht lange durch, als ein riesiger roter Drache Feuer auf die anderen Spieler schießt und ich das Tor retten muss.

Und ich versage grandios. „Gutes Spiel", sagt der Russe. Ich drücke auf den Knopf zum Beenden und nehme das Headset ab, mein Blut kocht.

„Weiß deine Mutter, dass du dieses Spiel mit erwachsenen Männern spielst?" Ich kann mir nicht vorstellen, dass meine Schwester eine Ahnung davon hat, was ihre Tochter online treibt.

Olivia spottet und schnappt sich in aller Eile das Headset und die Controller von mir. „Ist schon gut. Es ist ja nicht so, dass wir Nacktbilder austauschen. Sei nicht so wie Oma."

„Fürsorglich?"

„Kontrollierend und überfürsorglich", sagt Olivia. „Ich weiß, dass ich meine Adresse nicht an einen erwachsenen Mann im Internet weitergeben sollte. Entspann dich, es ist in Ordnung."

„Es ist nicht in Ordnung. Du weißt nicht, mit wem du dich in diesem Spiel unterhältst!" Wie kann sie so sorglos sein, als ob das keine große Sache wäre?

„Klar weiß ich das. Ich spiele die ganze Zeit."

„Gut, wer ist dann der Russe, der gespielt hat? Er ist ein erwachsener Mann."

„Er spielt die ganze Zeit. Meistens nur für eine Welle und dann steigt er wieder aus. Es muss ihm gefallen haben, dass du weitergespielt hast, bis die Stadt zerstört war."

Ich ignoriere Olivias Bemerkung. Sie versucht, die Wogen zu glätten, weil sie weiß, dass ihre Mutter die Nachricht nicht gut aufnehmen wird.

„Gib mir das Headset", sage ich und strecke meine Hand nach dem Gerät aus.

„Na gut", murrt sie und drückt es mir in die Handflächen. Ich schließe das Gerät an, schalte es ein und benutze die Controller, um durch das Hauptmenü zu navigieren. Es muss eine Einstellung geben, um einen Spieler zu blockieren. Ich finde den Eingabebildschirm, auf dem ich andere Leute sehen und einladen kann.

Sein Benutzername ist nicht schwer zu merken. Ich gebe „Bearded Bad Boy" ein, und sofort erscheint ein Bild. An der Stelle, an der eigentlich ein Profilbild sein sollte, ist ein Sterntattoo. Es ist detailliert, kompliziert und beeindruckend, wenn er es selbst entworfen hat.

Was ich bezweifle.

Ich weiß nicht viel über Tattoos, aber ich wette, dass das nicht das einzige ist, das der bärtige Bad Boy hat, und ich möchte auf keinen Fall, dass meine unschuldige Nichte noch andere Tattoos an seinem Körper entdeckt.

Sein Profil ist ziemlich leer. Es gibt keinen Vornamen, keine Beschreibung - nur die Nahaufnahme eines Tattoos und die Option, ihn als Freund hinzuzufügen.

Nö.

Das wird nicht passieren.

„Und?", scherzt Olivia und wartet darauf, dass ich etwas sage.

„Ich sollte ihn blockieren", sage ich.

„Was? Warum? Er hat noch nie etwas Unangemessenes gesagt oder getan. Du reagierst über, Tante Sadie."

Ich entscheide mich dafür, ihn nicht zu blockieren. Er hat nichts gesagt oder getan, während ich online war. Nicht, dass ich Olivia sagen will, dass sie recht hat. Ich verlasse den Profilbildschirm und schalte das Spiel aus, bevor ich das Headset abnehme. „Dreizehnjährige Mädchen und erwachsene Männer passen nicht zusammen. Männer wie Bearded Bad Boy tauchen nicht an der Konsole auf, nur um Spiele zu spielen."

„Doch, das tun sie. Ich werde es dir beweisen. Kauf dir eine zweite Konsole, dann kannst du jeden Abend spielen, wenn ich online bin. Du wirst sehen, dass mich niemand

belästigt oder mir Gewalt antut. Es ist ein sicherer Raum."

Ich atme schwer aus. „Wie wär's, wenn du keine Videospiele spielst, solange du bei mir zu Hause bist?"

„Mama, du bist so gemein."

„Aber ich bin einen Monat lang zu Besuch", jammert Olivia. „Das wird die reinste Folter! Ich habe Freunde im Internet, mit denen ich chatte und wir hängen zusammen ab." Ihre Augen weiten sich und die des jungen Mädchens werden wässrig.

Ich kenne den Unterschied zwischen echten Tränen und dem Weinen, um ihren Willen durchzusetzen. Das hier sind echte Tränen, was es noch schwieriger macht.

„Ich weiß, dass es dir albern vorkommt, Tante Sadie, aber das Spielen gibt mir etwas zu tun. Und es ist Bewegung. Du kannst mir nicht erzählen, dass du keinen Muskelkater von Orc Hunter hast."

Mein Arm tut ein wenig weh und ich wette, dass mir morgen die Beine wehtun werden, weil ich so viele Kniebeugen gemacht habe, um nicht mit einer Axt beworfen zu werden. „Ich werde euch beim Spielen zusehen und eure Telefone überwachen", sage ich.

„Okay, aber wenn ich schlafe, kannst du dir mein Headset ausleihen", sagt Olivia grinsend und wirft einen Blick auf Allie.

„Das ist nicht nötig."

Ein Grinsen erhellt Olivias Gesicht. „Wenn du diese Woche ein paar Stunden Orc Hunter spielst, wirst du süchtig danach sein."

„Vielleicht sollten wir uns eine andere Beschäftigung im Freien suchen", sage ich.

„Mama", jammert Allie. „Ich verspreche dir, dass es gut für die Seele ist."

„Videospiele spielen?"

„Bewegung, geistige Anregung, neue Leute treffen. Du sagst immer, ich soll neue Freunde finden", sagt Allie. „Genau das tue ich, mit Olivias Hilfe."

Ich grummele leise vor mich hin. „Keine Chats mehr mit erwachsenen Männern."

————

Ich kralle meine Finger in die Armlehne des Krankenhausstuhls und starre auf das Tattoo auf seiner Brust, das aus dem Krankenhauskittel herausschaut.

Es ist wahrscheinlich ein Zufall, dass er das gleiche Stern-Tattoo hat. Er hatte es einmal erwähnt, als ich ihn online nach seinem Profilbild fragte.

„Verfolgst du mich?", fragt er, als ich mich zu ihm in das VR-Spiel Orc Hunter setze.

Ich lache leise vor mich hin. „Ich weiß nicht einmal, wo du wohnst. Also, nein. Ich kann dich nicht stalken."

„Stimmt." Er kichert und ich schwöre, er lächelt. Aber ich kann ihn nicht sehen, nur seinen Avatar im Spiel, und so nah ist er auch nicht. Er steht mir gegenüber und bewacht den gegenüberliegenden Turm auf der anderen Seite der Stadt, während wir auf Orks schießen. „Ist es nicht zu früh, wo du bist?"

„Doch", sage ich. Die Sonne ist gerade aufgegangen, und meine Nichte und meine Tochter schlafen noch. Sie wird frühestens um zehn Uhr aufwachen, wenn nicht später. Das gibt mir ein paar Stunden Zeit, um herauszufinden, was es mit ihren Virtual-Reality-Spielen auf sich hat.

Ich sage dem Fremden nicht, wo ich wohne oder in welcher Zeitzone ich mich befinde. Je weniger er weiß, desto besser. Das Letzte, was ich will, ist, ihm Informationen über meine Nichte zu geben.

„Was ist mit dir?", frage ich. „Bist du in Russland?" Es gibt drei Server; derjenige, mit dem ich mich verbunden habe, ist in den USA. Aber jeder kann sich mit jedem Server verbinden.

„Titten für Tattoo".

„Ich zeige dir nicht meine—"

Er schnaubt und räuspert sich. „Ich habe nicht gefragt. Du sagst mir, wo du herkommst, und ich sage dir, wo ich wohne."

Sein Akzent ist stark und schwer, und er kommt zweifellos aus Russland, auch wenn er das Land verlassen hat und woanders wohnt.

„Ich habe zuerst gefragt", sage ich. Es ist, als wären wir in der dritten Klasse und ich verdrehe, die Augen, als ich merke, wie lächerlich dieses Gespräch zwischen zwei Erwachsenen klingt. Ich konzentriere mich auf die Drachen, schieße erst auf sie und dann auf die Orks und ducke mich, als sie mir die Äxte an den Kopf werfen.

Bearded Bad Boy ist geschickt darin, einem Axt angriff auszuweichen. Er springt von einer Plattform zur anderen, um nicht abgeschlachtet zu werden.

„Angeber", murmle ich.

„Eifersüchtig." In seinem Tonfall schwingt Belustigung mit, als würde er es genießen, mich zu ärgern.

„Nein, ich spiele dieses Spiel nicht den ganzen Tag."

„Ich auch nicht", sagt er. „Das ist nur ein Hobby", sagt er, obwohl er nicht überzeugt klingt.

„Mit Mädchen im Teenageralter zu chatten, ist ein Hobby?"

„Ich weiß nicht, welches Spiel du treibst, aber ich kann dir versichern, dass ich mich nicht im Geringsten für Mädchen im Teenageralter interessiere, auch nicht für Jungs."

Erleichterung sollte mich durchfluten, aber in seinem Tonfall liegt Wut. Eine Eindringlichkeit, als ob ich ihn beleidigt hätte und er es jetzt darauf ankommen lassen will. „Und was ist mit dir? Macht es dir Spaß, unbegründete Anschuldigungen zu machen? Du klingst wie ein FBI-Agent oder ein korrupter Polizist."

„Ich bin nichts von beidem", sage ich. „Hast du etwas gegen Autoritätspersonen?"

„Nicht, solange ich das Sagen habe." Er wirkt wie ein Alphatier, als ob er derjenige wäre, der immer das Sagen hat.

Die Stille bricht über uns herein; das einzige Geräusch, das durch das Headset widerhallt, ist das Töten der Orks und des Feindes, ein Schuss nach dem anderen.

Er ist gut. Ein wenig zu gut, wenn du mich fragst, aber ich bin kein Stammspieler. Verdammt, das ist nicht einmal mein Headset. Ich spiele in Olivias Spiel unter ihrem Bildschirmnamen. Nicht, dass es sie stören würde, solange der Akku aufgeladen ist, wenn sie aufwacht.

Vielleicht sollte ich den Mädchen ein paar Regeln auferlegen, während Olivia hier ist. Kein Spielen vor Mittag.

Der Mann im Koma könnte ein Russe sein. Er könnte aber auch eine beliebige andere Nationalität haben. Die vielen Tattoos sollten dem Krankenhaus helfen, seine Identität einzugrenzen.

Der Verband auf seiner Stirn verdeckt seine Narben, während er völlig ruhig liegt und sich nur sein Brustkorb hebt und senkt. Ich sitze an seinem Bett und warte darauf, dass jemand auftaucht, der ihn erkennt und sich zu ihm setzt. Ich strecke meine Hand aus und lege sie auf seinen Arm.

Seine Haut fühlt sich kühl an. Ich ziehe die Decke höher, um ihn warmzuhalten. „Halte durch", flüstere ich. Wer auch immer er ist, er hat es nicht verdient, zu sterben oder dem Tod überlassen zu werden.

Ich werfe einen Blick auf mein Handy. Ich könnte meiner Nichte eine SMS schreiben und sie bitten, mir Bescheid zu sagen, wenn Bearded Bad Boy online geht, aber das ist egal. Was sollte ich der Dreizehnjährigen überhaupt sagen? Ich war Zeuge, wie ein Mann fast gestorben ist, und ich habe erkannt, dass er dasselbe Tattoo mit einem Online-Spieler teilt.

Ich würde verrückt klingen.

Bearded Bad Boy hat mir nie gesagt, wo er herkommt.

ZWEI

DMITRI

Sechs Wochen später

Mein Kopf tut wirklich verdammt weh. Ich spreche hier nicht von leichten Kopfschmerzen, die man mit ein paar Pillen betäuben kann.

Der Schmerz ist immens, als hätte jemand einen Presslufthammer auf meinen Kopf gerichtet und dann beschlossen, meinen Schädel aufzubohren.

Der Geruch von Antiseptika dringt als Erstes in meine Sinne. Ich kann nicht anders, als zu stöhnen, als ich meine Augen träge öffne und feststelle, dass ich mich an einem unbekannten Ort in einem Krankenhaus befinde.

Ihre strahlend blauen Augen weiten sich, als sie sich von ihrem Platz neben meinem Bett erhebt.

„Du bist wach", sagt sie. Ihre Augen weiten sich vor Überraschung und ihr Gesichtsausdruck wird grässlich. Sie hält ein Buch in den Händen, dessen Einband abgenutzt ist.

„Kenne ich dich?", Sollte ich die Brünette wiedererkennen? Ich schwöre, wenn ich sie schon einmal getroffen hätte, würde ich mich erinnern. Die Kopfschmerzen und der Schmerz in meinem Schädel machen nichts aus. Ich würde nie ihr Gesicht oder ihren Körper vergessen.

Sie grinst verlegen. „Ich habe dich im Wald gefunden. Erschossen."

Ich ziehe eine Grimasse und greife mir an den Kopf. Da ist kein Verband, kein Schmerz, nicht so, wie ich es erwartet habe. „Wie lange bin ich schon hier?" Ich habe den Eindruck, dass es mehr als nur ein paar Stunden sind.

„Ungefähr sechs Wochen", flüstert sie und blickt weg.

Und sie ist die ganze Zeit bei mir geblieben?

Und warum?

„Ich habe dir vorgelesen", sagt sie verlegen und legt den anderen Arm über das Buch, um zu verbergen, was sie gelesen hat.

„Welches Buch?", frage ich. Ich kann mich nicht daran erinnern, ihre Stimme gehört zu haben, ich würde sie auch wiedererkennen, wenn wir uns schon einmal getroffen hätten. Sie ist jung und zart und hat etwas Unschuldiges an sich. Ich strecke meine Hand aus, um die Stelle zu berühren, an der ich angeschossen wurde, und meine Finger streifen die Narbe.

Ihre Hände sind zart und weich, als sie meinen Arm nach unten zieht, obwohl mein Kopf nicht wehtut. „Und du bist?", frage ich.

„Ach ja, Sadie West", sagt sie und lächelt. Das Mädchen hat das unwiderstehliche Lächeln und Grübchen, die ihr die perfekte Ausstrahlung eines Mädchens von nebenan verleihen.

Was ich nicht alles tun könnte, um die kleine Miss Perfect zu ruinieren.

„Und du bist?", fragt sie und wartet auf eine Antwort von mir.

Ich räuspere mich und halte sie hin.

Jemand will mich tot sehen. Ich kann mich nicht erinnern, wer auf mich geschossen hat oder was passiert ist. Ich arbeite für die russische Bratva und hatte den Auftrag, Anton und seine Freundin Savannah zu ermorden. Nikita war mit mir im Auto. Aber alles, was danach geschah, liegt hinter einem Schleier und wird von meinem Gedächtnis ferngehalten.

„Du hattest keinen Ausweis bei dir", sagt Sadie.

„Ich kann mich nicht erinnern." Ich versuche, keine Anzeichen dafür zu geben, dass ich lüge. „Es ist alles verschwommen."

„Ich sollte dem Arzt Bescheid sagen, dass du wach bist." Sie ist süß und hat einen hübschen, knackigen Hintern, den ich betrachte, während sie das Krankenzimmer verlässt.

Es wäre gut, wenn sie gehen würde. Ich bin ein gefährlicher Mann. Sie hat keinen Grund, bei mir zu bleiben und Zeit mit mir zu verbringen. Ich bin keine gute Gesellschaft.

Die Krankenschwester kommt zuerst herein und nimmt meine Werte auf, während der Arzt ein paar Minuten später eintritt.

Sadie steht im Flur und beobachtet uns, damit wir unsere Ruhe haben.

„Weißt du, wie du heißt?", fragt der Arzt.

„Ich weiß es nicht", lüge ich. Das ist einfacher. Die Polizei wird die Schießerei untersuchen. Das Krankenhaus ist verpflichtet, Schussverletzungen zu melden, und wir sind nicht im Steele Concierge Medical, was bedeutet, dass diese Ärzte nicht von der Bratva gekauft oder bezahlt werden.

Sie sind gezwungen, das Verbrechen bei der Polizei zu melden.

„Welches Jahr haben wir?"

Ich nenne die Jahreszahl und die Ärztin nickt, erfreut darüber, dass ich es richtig weiß. Sie fragt noch nach dem Präsidenten, und ich beantworte auch diese Fragen richtig. Vielleicht hätte ich es eher als Verwirrung abtun sollen, aber ich will nicht, dass sie eine Million medizinische Tests mit mir machen.

Ich möchte nach Hause gehen.

Aber wo zum Teufel ist mein Zuhause?

Ich kann nicht auf das Gelände zurückkehren, wo Mikhail das Sagen hat. Soweit ich weiß, hat er meine Hinrichtung angeordnet.

Hat Nikita Anton oder mich erschossen? Vielleicht hatte Antons Freundin Savannah eine Waffe bei sich versteckt und sie hat abgedrückt? Sie hat für das FBI gearbeitet.

Jeder ist ein Verdächtiger.

Die Ärztin macht sich ein paar Notizen und teilt mir mit, dass die bereits durchgeführten Tests keinen Hinweis auf ein bleibendes Trauma ergeben haben, aber ein Neurologe wird mich heute Nachmittag untersuchen. Sie verlässt eilig das Zimmer, um nach einem anderen Patienten zu sehen.

„Gefällt es dir auf dem Flur?", scherze ich und werfe einen Blick auf Sadie, die so tut, als würde sie Fussel von ihrem Hemd zupfen.

„Ich wollte nicht stören", sagt Sadie und schleicht zurück in mein Zimmer.

„Darf ich dich etwas fragen?" Ich kenne zwar meinen Namen, aber ich kann mich nicht erinnern, was passiert ist. Sie nickt und lässt mich fortfahren. „War da noch jemand?"

„Was meinst du?", fragt Sadie und starrt mich ausdruckslos an. Das Mädchen hat nicht die geringste Ahnung, wonach ich frage. Natürlich nicht, denn sie weiß ja nicht, was im Wald passiert ist.

Und ich auch nicht.

„Als du mich gefunden hast. War ich allein?"

Sadie schlendert weiter in mein Krankenzimmer. Ihre Zehen schleifen für einen Moment über den Boden. Etwas verbirgt sie, aber ich weiß nichts über sie, um herauszufinden, was das sein könnte.

Haben die Italiener sie geschickt?

Nein. Wenn sie es getan hätten, wäre ich tot. Als ich schlief hätte sie mich erstickt.

Sie lässt sich auf den Stuhl neben meinem Bett fallen. „Willst du wissen, ob ich den Schützen gesehen habe? Das habe ich nicht." Ihre Antwort kommt ein wenig zu schnell und gezwungen daher. Fast so, als hätte sie sie ein Dutzend Mal in ihrem Kopf geprobt.

Vielleicht möchte sie nicht zugeben, dass sie Zeuge des Geschehens war. Sie ist schlau, wenn sie so tut, als ob sie nichts gesehen hätte.

„Ich meine, als du mich gefunden hast, war ich da allein?"

„Nur du und der Dreck", sagt Sadie. Sie grinst schief, bevor sie auf ihren Schoß hinunterblickt.

Warum ist sie noch hier? Wenn ich sie frage und zu forsch bin, geht sie vielleicht wieder. Aber das ist das Letzte, was ich will.

„Danke, dass du mir das Leben gerettet und mich hierher gebracht hast", sage ich und deute mit einer Geste auf das Zimmer.

Ich hasse Krankenhäuser. Nicht, dass ich jemanden kenne, der sie mag, aber ich verachte sie. An Orten wie diesem sterben Männer nach blutigen Schlachten. Ich möchte nach Hause gehen, aber ich kann nicht auf das Gelände zurückkehren.

„Du erinnerst dich nicht an deinen Namen?", fragt Sadie und ist schockiert, dass jemand seine Identität vergessen kann. Es wäre einfacher, wenn ich eine komplette Amnesie hätte, wie man sie in Filmen sieht oder über die man liest, bei der die Person alles über sich selbst vergisst, auch dass sie der Bösewicht ist.

Es ist eine Schande, dass ich mich an die unzähligen schrecklichen Taten in meinem Leben erinnern kann, aber nicht daran, was passiert ist, als ich angeschossen wurde.

„Das kann ich nicht behaupten."

„Du kamst ohne Ausweis, ohne Telefon, nicht einmal mit einem Satz Haus- oder Autoschlüssel." Sadie sitzt neben mir, die Hände im Schoß gefaltet. „Was wirst du tun, wenn sie dich aus dem Krankenhaus entlassen?"

„Einen Lebensmittelladen überfallen und im Hinterzimmer schlafen?"

Sie lächelt nicht und lacht auch nicht.

„Es ist ein Scherz", sage ich. Begreift sie das nicht? Nicht, dass sie mich kennen würde. „Entspann dich, ich komme schon klar. Du brauchst nicht zu bleiben und auf mich aufzupassen, es sei denn, du bist ein Polizist?" Ist sie deshalb noch hier und versucht, Informationen aus mir herauszubekommen?

Arbeitet sie an den Ermittlungen und will wissen, wer auf mich geschossen hat? Nun, ich habe nicht vor, Anzeige zu erstatten. So arbeiten wir Bratva-Typen nicht.

„Ich bin kein Polizeibeamter. Aber ein Beamter wollte mit dir sprechen, als du im Koma lagst. Er hat seine Karte hinterlassen." Sie zeigt auf die Visitenkarte, die auf dem Tisch liegt. Es wurden keine Blumen, Genesungskarten oder andere Geschenke für mich ins Krankenhaus geschickt.

Ich schiebe es auf das Krankenhaus, das mich nicht identifiziert hat, aber was ist mit den Bratvas? Haben sie mich dem Tod überlassen und sich nicht darum gekümmert, die Leiche zu bergen? Das ist ungewöhnlich und verdächtig. Irgendetwas stimmt da nicht.

„Was hast du ihnen gesagt?", frage ich.

„Dass du im Koma liegst und dich ausruhen musst."

„Gut", sage ich, setze mich auf und ziehe die Infusion aus meinem Arm. Mein Kopf dröhnt von der plötzlichen Bewegung, aber ich kann nicht einfach herumsitzen und darauf warten, dass die

Polizei mich verhört. Wird das Krankenhaus sie informieren, dass ich wach bin?

„Was machst du da?", Sadies Stimme hebt eine Oktave an.

Ich kann nicht anders, als mir Sorgen zu machen, dass sie die Behörden alarmieren wird. „Ich verschwinde von hier."

Der Fernseher ist an. Bisher waren die Nachrichten nur Hintergrundgeräusche. Ich habe nicht viel darauf geachtet, bis ich aufstand und mich in meinem nicht so tollen Krankenhauskittel bewegte. Meine Füße sind wie Gummi und meine Beine wie Wackelpudding. Ich muss mich anstrengen, um zu stehen und nicht umzufallen. Ich bin schwach, auch wenn ich das niemandem gegenüber zugeben würde.

„Wo sind meine Klamotten?" Ich kann das Krankenhaus nicht verlassen, wenn mein Arsch aus einem Kittel heraushängt.

„Die Ärzte haben deine schmutzigen Klamotten in eine Tüte gepackt", sagt Sadie und öffnet den Kleiderschrank.

Ich stolpere ins Bad und schlage die Tür zu. Es dauert nicht lange, mich auszuziehen. Ich bin praktisch schon nackt. Ich ziehe eine Grimasse, als ich die Elektrodenaufkleber auf meiner Brust abreiße und meine schwarze Hose und das weiße Hemd anziehe. Der Kragen ist mit Karmesinrot bedeckt. Auf der Vorderseite des Hemdes sind Blutspritzer zu sehen, die von der Verletzung heraustropften. Meine Anzugjacke ist zerknittert, aber sie wird das meiste Blut vorerst verdecken. Ich werde neue Kleidung benötigen, etwas weniger Auffälliges.

Schade, dass Sadie nicht daran gedacht hat, mir ein paar Ersatzklamotten mitzubringen.

Als ich aus dem Bad komme, schaut Sadie mit gesenktem Kopf auf ihr Handy. Sie steckt ihr Handy in ihre Handtasche und verschränkt die Arme vor der Brust. „Ich weiß nicht, was los ist, aber du gehst nicht. Das kannst du nicht."

Ich verkneife es mir, ihr zu sagen, dass sie mich nicht zum Bleiben zwingen kann. Mein Stand ist wackelig und vielleicht spürt Sadie mein Unbehagen und mein Ungleichgewicht. Ich halte mich an der nahe gelegenen Garderobe, die an der

Wand befestigt ist fest, und lasse mich von ihr stützen.

Ein schwerer Seufzer entweicht ihren Lippen. Sie wirft einen Blick auf mich, nimmt das Buch in die eine Hand und führt mich mit der anderen Hand zu dem Stuhl, auf dem sie vorhin gesessen hat. „Du wirst bei mir bleiben", sagt Sadie.

„Das ist eine schreckliche Idee."

Sie spottet leise vor sich hin. „Wenn dir jemand ein höfliches Angebot macht, gibt es bessere Wege, es abzulehnen. Aber davon abgesehen, habe ich dich nicht eingeladen, bei mir zu wohnen. Ich kenne dich nicht. Aber ich arbeite im Luxenberg. Ich kann dir ein Zimmer besorgen."

„Ein Hotel?" Ich versuche meine Schuhe und Socken anzuziehen. Ich bin aber nicht in der Lage, aufzustehen und sie anzuziehen. Der Raum schwankt, als ich sitze, aber ich ignoriere das schwindelerregende Gefühl.

Als ich es geschafft habe meine Schuhe anzuziehen, springe ich auf um auf den Flur zu gehen. Ich schwanke von einer Seite zur anderen, als wäre ich auf rauer See und müsste versuchen, das

Gleichgewicht zu halten. Die Krankenschwestern sind beschäftigt und schenken einem Mann im Anzug nicht die geringste Aufmerksamkeit. Vielleicht hätten sie von ihren Computerbildschirmen und Krankenblättern aufgeschaut, wenn ich einen Krankenhauskittel getragen hätte.

Sadie ergreift meinen Arm, begleitet mich und bewahrt mich davor, auf den Hintern zu fallen. Mit jedem Schritt wird mein Stand fester und weniger wackelig. Ich hatte schon immer einen eisernen Magen, aber dass sich der Raum wahllos dreht, hilft mir nicht.

„Du wirst besser", sagt sie, als wir gemeinsam in den Aufzug steigen.

„Tu so, als ob du es schaffst", scherze ich und kann nicht anders, als einen Blick auf das Buch in ihrer Hand zu werfen. Sie verdeckt den Titel, aber es ist ein Liebesroman mit einem halb nackten Mann auf dem Titelblatt. Hat sie mir einen Mami-Porno vorgelesen? Ich glaube, ich mag sie jetzt schon.

Sie drückt den Knopf für die Lobby und ich lehne mich mit dem Rücken gegen die Wand, um meinen Hintern oben zu behalten, bis wir unser Ziel erreicht haben. „Welches Buch hast du mitgebracht?" frage ich sie.

Ihre Wangen röten sich und sie streicht sich eine verirrte Haarsträhne hinter ihr Ohr. „Ist das wichtig?" Ihr Lachen ist leise und leicht. Es ist ihr peinlich und sie weicht meiner Frage aus.

Die Fahrstuhltür öffnet sich und sie steigt als Erste aus. Ich bin direkt hinter ihr und sie verschränkt ihren Arm mit meinem, um mich durch den langen Flur und das Parkhaus zu begleiten. Es ist ein ziemlicher Fußmarsch, aber das ist meine Schuld, weil ich abgehauen bin, bevor noch mehr Tests durchgeführt oder Fragen gestellt werden.

Ich musste noch nie lügen, wer ich bin oder welche Rolle ich spiele. Ja, dass ich zur Bratva gehöre, war ein Geheimnis, aber die Leute, mit denen ich normalerweise zu tun habe, wissen Bescheid über meine Rolle.

Das ist Neuland.

Ich habe so getan, als wäre ich ein guter Kerl.

Ich beobachte meine Umgebung bei jedem Schritt durch das Krankenhaus und zur Garage. Ich muss wachsam sein. Überall in der Stadt gibt es Feinde, die mich gerne als Geisel nehmen und mich foltern würden, um Antworten über die Bratva zu bekommen.

Und Sadie ist zu unschuldig, um in mein Drama verwickelt zu werden. Ich will nicht, dass sie verletzt wird.

„Steig ein", sagt Sadie, als sie die zweitürige Heckklappe aufschließt. „Tut mir leid, es ist nicht besonders schick", sagt sie mit einem schüchternen Lächeln.

Die gelbe zweitürige Schräghecklimousine hat Rost am Kotflügel und ein Rücklicht ist defekt. Hatte sie einen Unfall, oder hat jemand das Licht absichtlich beschädigt, um sie zu belästigen?

„Es ist perfekt", sage ich und entscheide mich dafür, keinen Kommentar zu ihrem Fahrzeug abzugeben, denn sie ist so freundlich, und tut mir den Gefallen mich hier herauszuholen. Je länger ich im Krankenhaus bin, desto mehr Zeit bleibt, um von Mikhail oder seinen Männern entdeckt zu werden.

Das Auto ist eine Rostlaube und eine kleine noch dazu. Meine Knie sind auf dem Vordersitz eingeknickt, aber wenigstens ist es eine kostenlose

Fahrt. Ein Taxi oder ein Hotel kann ich gerade nicht bezahlen. Ich habe noch nicht einmal lange genug gesessen, um daran zu denken, dass ich ohne meinen Ausweis oder mein Portemonnaie keinen Zugriff auf meine Konten habe.

Das wird komplizierter, als ich dachte. Ich beherrsche den Taschendiebstahl wie jeder andere auch, aber das wird mir nur ein paar Dollar einbringen, nicht genug, um bequem zu überleben.

Mein Magen ist schwer und ich wische den Schweiß, der meine Hände bedeckt, an meiner Hose ab, während ich gelegentlich in den Seitenspiegel schaue, ob jemand ihr Fahrzeug verfolgt.

Sadie dreht die Klimaanlage in dem kleinen Auto auf, aber es ist nur heiße, ekelhafte Luft, die aus den Lüftungsschlitzen kommt. Ich schiebe die Lüftungsschlitze vor mir weg.

„Es wird in ein paar Minuten abkühlen", sagt Sadie.

So schnell wird es sich nicht abkühlen, das steht fest. Das Parken in der Garage ist kostenlos, und Sadie fährt durch das Parkhaus zu der Ausfahrt.

Vielleicht ist sie der Grund für das kaputte Rücklicht. Ihre Fahrweise lässt sehr zu wünschen übrig. Nächstes Mal werde ich ihr anbieten zu fahren. Vorausgesetzt, es gibt ein nächstes Mal.

Ich rutsche unbehaglich auf dem Vordersitz hin und her. Der Sicherheitsgurt sitzt tief und eng an meinem Schoß. Es ist zum Ersticken und die Hitze ist erdrückend.

Ich kenne das Krankenhaus, das wir gerade verlassen haben, und das Hotel, zu dem wir fahren werden. Es ist mindestens eine zwanzigminütige Fahrt ohne Verkehr und die Straßen sind selten leer, außer vielleicht, wenn ich im Club Sage von der Arbeit komme.

Mein letzter Job bei der Bratva war es, die Tür zu bewachen, ein Türsteher für den Club. Obwohl es keine schmeichelhafte Position war, Ausweise zu kontrollieren und Abschaum rauszuschmeißen, der sich an den Tänzerinnen vergreift. Ich war allein dafür verantwortlich, dass sich keine Mitglieder der italienischen Mafia einschlichen. In den frühen Morgenstunden, wenn ich im Club fertig bin, war ich dafür verantwortlich, den ersten Kontakt mit unseren Kunden herzustellen. Das Umfeld erforderte Geheimhaltung, Sicherheit und keine Papier- oder elektronischen Spuren.

Als ich mit einer Kugel im Kopf im Krankenhaus landete, ging es endlich aufwärts.

Sadie rast in Windeseile durch die Stadt und überfährt ein paar rote Ampeln. Das Mädchen ist der geborene Schrecken.

Das ist höchst erregend. Sie hat mich sofort in ihren Bann gezogen. Könnte es daran liegen, dass sie mir das Leben gerettet hat, oder ist da noch etwas anderes zwischen uns?

„Bist du sicher, dass ich im Luxenberg bleiben kann?", frage ich.

Es gibt schlimmere Orte, an denen ich unterkommen könnte. In einem Hotel würde ich wenigstens nicht auffallen. Die Bratvas werden nicht in einem Hotel nach mir suchen. Vor allem nicht, wenn sie denken, dass ich tot bin und alle meine Kreditkarten und Konten über sie laufen—ein weiterer Grund, dankbar zu sein, dass meine Brieftasche verloren gegangen ist.

Aber das war nicht mit Absicht. Zumindest kann ich mich nicht erinnern, sie zurückgelassen zu haben. Ich muss sie während der Arbeit vergessen haben.

Ihre Aufmerksamkeit ist auf die Straße gerichtet, ihre Hände liegen auf dem Lenkrad, während wir durch die Nachbarschaft und die Seitenstraßen rasen, dem stehenden Verkehr und den Ampeln ausweichen und zwei Stoppschilder überfahren. „Ich arbeite an der Rezeption. Ich kann dich in eines der Zimmer einchecken und es einfach als nicht verfügbar aufgrund von Wartungsarbeiten kennzeichnen."

Sadie weiß nicht, worauf sie sich einlässt, wenn sie mir hilft. „Ich zahle es dir zurück", sage ich. Ich mag es nicht, bei jemandem in der Schuld zu stehen, selbst wenn es eine süße Brünette ist. Jemandem einen Gefallen zu schulden, passt nicht zu mir.

„Das ist doch keine große Sache. Niemand muss es wissen", sagt Sadie mit einem Grinsen. Sie hat eine rebellische Seite an sich, die ich verdammt sexy finde. Alle Mitglieder der Bratva sind Männer. Eine Handvoll Frauen leben auf dem Gelände, Freundinnen und Ehefrauen, aber sie sind keine Mitglieder. In einem anderen Leben hätte sie aus der Reihe tanzen und ein Mitglied der Familie werden können.

Andererseits würde Mikhail dafür sorgen, dass nie ein Mitglied der Bratva ein Mädchen ist. Er ist der Pakhan, der Anführer der russischen Organisation, die in New York City operiert.

„Wir müssen anhalten und für dich ein paar Klamotten kaufen?", fragt Sadie.

Es ist nicht so, dass ich wissen sollte, wo ich wohne, und ich habe keine Hausschlüssel in meiner Tasche. „Das ist eine schwierige Sache, wenn man bedenkt, dass ich mich an nichts erinnern kann", sage ich.

Sie räuspert sich und blickt mich kurz an. „Ich kann dir ein paar Dollar leihen. Wir können bei Target oder Walmart vorbeigehen und schauen, was dir passt?"

Ich bin groß und kräftig, und könnte mir eine Jeans und ein T-Shirts kaufen, denn ich werde nicht meine übliche Kleidung mit Anzug und Krawatte tragen. Es ist nicht unbedingt notwendig einen Anzug zutragen, um im Hotel herumzulungern. Und wo soll ich denn sonst hingehen, wenn die Bratva hinter mir her ist? Ich muss untertauchen und mich aus Schwierigkeiten heraushalten.

Das kann ich nicht besonders gut, wenn man bedenkt, wie gut ich mich auskenne.

„Ich will dich nicht anbetteln", sage ich.

„Das wirst du auch nicht. Du wirst es mir zurückzahlen." Sadie schenkt mir ein tausendfaches Lächeln. „Wenn du einen Job brauchst, kannst du jederzeit meine Wohnung putzen. Ich hasse Putzen."

Ich stöhne leise vor mich hin. Das ist nicht die Arbeit, die mir Spaß macht. Aber ich habe schon Schlimmeres gemacht: Leichen aufräumen—eine Wohnung voller Staub und Schmutz, das sollte ein Kinderspiel sein. Und vielleicht schnüffle ich sogar ein wenig herum. Sadie hat etwas an sich, das ich nicht genau benennen kann. Wahrscheinlich die Tatsache, dass sie hier ist und mir helfen will, obwohl ich sechs Wochen im Koma lag.

Wer tut so etwas?

Was für ein Mensch wartet darauf, dass ein Fremder aufwacht?

„Du bist zu nett." Und ich meine jedes Wort davon. Wenn sie wüsste, was für ein Mann ich bin und was ich getan habe, würde sie mich nicht mit so einem hoffnungsvollen Blick ansehen . Das Mädchen ist unschuldig, und allein die Nähe zu mir wird sie ruinieren.

Sadie lächelt und stützt ihre Hände auf das Lenkrad. Gelegentlich wirft sie mir einen Blick zu, als würde sie etwas denken, es aber nicht laut aussprechen wollen.

„Was?" Ich habe ein Händchen dafür, Menschen zu lesen, besonders hübsche junge Frauen.

„Du erinnerst dich an nichts?", scherzt Sadie. Sie fährt auf den Target-Parkplatz und stellt den Motor ab. Erleichtert steige ich aus, stehe auf und vertrete mir die Beine. Ich schwöre, sie hat ein Clown-Auto gekauft. Sadie folgt mir zum Vordereingang und verschränkt wieder ihren Arm mit meinem. „Ich will nicht, dass du umfällst, Mister." Sie gluckst.

„Ich weiß nicht mal mehr meinen Namen." Die Lüge fällt mir immer leichter, während ich versuche, mir einzureden, dass ich nicht weiß, wer ich bin.

„Das ist verrückt." Sie wirft mir einen Blick zu, während sie zu den Wagen schlendert. „Musst du dich festhalten, oder geht es dir gut?"

„Mir geht es gut, aber danke der Nachfrage." Ich bin wieder auf den Beinen, obwohl mein Kopf pocht, ignoriere ich das Gefühl.

Überzeugt davon, dass ich allein laufen kann, schnappt sich Sadie einen Einkaufswagen, schiebt ihn durch den Laden und führt mich in die Männerabteilung.

Will das Mädchen mir bei der Auswahl meiner Garderobe helfen? Das ist mir ein wenig zu häuslich, aber ich unterlasse es, etwas Beleidigendes zu sagen. Sadie versucht, mir zu helfen. Ich brauche sie, wenn ich nicht auffallen will.

Ich muss mir keine Sorgen machen, dass die Überwachungskameras mich erkennen. Ich bin kein gesuchter Mann, und ich bin mir ziemlich sicher, dass mich alle für tot halten.

Die Wut brodelt in mir und ich will Antworten. Der Bericht über Anton und Savannah in den Nachrichten hat mich dazu gebracht, mich ins Internet zu begeben, um selbst ein wenig zu recherchieren.

Aber mit Sadie an meiner Seite werde ich diese Antworten nicht bekommen. Sie ist zu gut, zu nett und zu unschuldig, um sich mit der Gewalt und dem Blutvergießen unter den Bratvas herumzuschlagen.

Früher waren es Männer, mit denen ich mich verbündet habe, aber ich erkenne mich selbst nicht mehr wieder und weiß nicht, wo ich in das große Schema ihrer Organisation passe.

Ich schnappe mir ein paar Sachen aus dem Regal, nichts, was auffällig ist. Ich muss mich nicht selbst ins Visier nehmen. Sie denken, ich bin tot. Es ist besser, sie ahnungslos zulassen.

Ich brauche einen Plan und eine Waffe.

Es ist unwahrscheinlich, dass ich ohne Ausweis erwischt werde oder einen alten Informanten kontaktiere, der mich verraten könnte.

Ein Messer besorge ich mir später, wenn ich den süßen kleinen Sonnenschein nicht dabei habe, es hat keinen Sinn, das Mädchen zu erschrecken.

Ich räuspere mich, nachdem ich genug Kleidung für zwei Tage in den Wagen geworfen habe. „Lass uns gehen." Ich bin fertig mit dem Einkaufen, das macht mir keinen Spaß und die Schmerzmittel, die ich im Krankenhaus bekommen habe, lassen langsam nach.

Meine Laune verschlechtert sich und ich werde mürrisch und ärgerlich.

Wir sind auf der anderen Seite der Stadt, nicht in der Nähe des Geländes, aber ich kann nicht riskieren, dass ich einem Mitglied der Bratva begegne.

Mir schwirrt der Kopf, wenn ich nur daran denke, was das alles bedeutet. Nikita war mit mir im Auto im Wald. Haben Anton und Savannah ihn gekidnappt? Ihn umgebracht?

„Bist du sicher, dass ich allein ins Krankenhaus gebracht wurde?" Das ergibt keinen Sinn. Warum sollte man mich sterben lassen und nicht auch noch Nikita?

„Du bist der einzige *Wanderer*, über den ich gestolpert bin", sagt Sadie. Sie zwingt sich, das Wort Wanderer zu benutzen. Sie ist kein Idiot.

Ist ihr klar, dass ich nicht im Wald war, um zu wandern?

„Warum?", fragt Sadie und schaut mich an, bevor sie eine Haarsträhne hinter ihr Ohr streicht.

Sie ist nervös.

Und warum?

Mache ich ihr Angst? Oder weiß sie etwas, das sie nicht sagen will?

„Nur so." Je weniger ich sage, desto besser. Es geht um ihre Sicherheit. Es gibt viele Männer, die mich umbringen wollen, am allerwenigsten die Bratva, die jetzt mehr oder weniger auch auf diese Liste gekommen ist.

Wir sind mit dem Einkauf fertig, sie bezahlt und ich habe ein schlechtes Gewissen, weil ich das Nötigste nicht bezahlen kann. Ich werde es ihr zurückzahlen, auch wenn das bedeutet, dass ich eine Bank ausrauben muss, um mir das Geld zu beschaffen. Ich lege die Tüten in den Kofferraum ihres kleinen Autos. „Ich kann fahren", biete ich an.

„Mit der Kopfverletzung?" Sie zeigt auf die Narbe an meinem Kopf.

„Das ist schon Wochen her", erwidere ich. Ich hatte einen kurzen Blick auf die Narbe geworfen, als ich durch die Glastüren in den Laden kam. Sie sieht gar nicht so schlimm aus.

„Und du bist gerade aus dem Koma erwacht. Nein, danke. Du kannst auf dem Beifahrersitz mitfahren."

Es ist ihr Auto. Und obwohl ich sie am liebsten dazu bringen würde, mir die Schlüssel zu geben und zu verlangen, dass sie tut, was ich sage, hilft mir das Mädchen. Ich sollte ihr dankbar sein, was in meinem Beruf gar nicht so einfach ist.

„Ja", murmle ich und steige auf der Beifahrerseite ein. Ich schließe die Tür, ziehe den Sicherheitsgurt fest um meine Hüfte und warte darauf, dass sie den Motor startet und in den Verkehr fährt.

Gelegentlich wirft sie einen Blick auf mich. Ich merke, dass sie mich etwas fragen will, denn sie öffnet immer wieder den Mund, und ihre Zunge fährt heraus und streicht über ihre Lippen, bevor sie den Mund wieder schließt.

Klug.

Bleib ruhig.

Es könnte ihr das Leben retten. Nicht, dass ich vorhätte, ihr etwas anzutun. Sie hat mir keinen Grund gegeben, eine Gefahr für sie zu sein.

Außerdem würde ich nie eine Frau verletzen. Es gibt Grenzen, die ich nicht überschreiten werde. Ihr den Arsch zu versohlen, ist jedoch eine sehr reale Möglichkeit. Aber ich benötige ihre Hilfe.

Sadie fährt uns zum Hotel. Sie parkt das Auto etwas zu abrupt und zwingt mich, den Sicherheitsgurt fester zu ziehen. „Wo hast du denn fahren gelernt?"

Sie lacht leise vor sich hin. „Komm, besorgen wir dir ein Zimmer." Sie stellt das Auto ab und steigt aus.

Ich folge ihr und warte darauf, dass sie den Kofferraum aufschließt. Sobald sie ihn öffnet, schnappe ich mir meine Taschen. Ich habe nicht viel gekauft und ich werde ihr jeden Cent zurückzahlen.

Sadie schlendert ins Hotel, als gehöre ihr das Haus. Ihr Selbstbewusstsein ist unerschütterlich. „Hi, Pauline." Ihre Freundlichkeit scheint zu ihrer Persönlichkeit zu passen, als würde sie sie nicht nur zur Schau stellen.

„Ich dachte, du hättest heute frei."

„Habe ich auch, aber ich habe mein Handy hier irgendwo vergessen."

„Hast du im Pausenraum nachgesehen?", fragt Pauline.

„Habe ich nicht. Kannst du dort nachsehen, während ich mein Telefon anrufe?" Sadie schnappt sich das Festnetztelefon und beginnt, ihr Handy zu wählen.

„Natürlich", sagt Pauline und geht den Flur entlang.

Während Pauline versucht, Sadies Telefon ausfindig zu machen, tippt sie auf dem Computer herum. Sie schnappt sich zwei Hotelzimmer-Keycards und programmiert die Karten, bevor sie wieder auf den Bildschirm tippt.

„Zimmer 312". Sie reicht mir zwei Zimmerkarten und ich stecke eine in meine Tasche und nehme die zweite Karte in die Hand.

„Danke." Mein Daumen streicht über ihre Haut, bevor ich zu den Aufzugtüren gehe. Es würde verdächtig aussehen, wenn ich zu lange an der Rezeption bleibe, ohne in ein Zimmer einzuchecken.

Ich schleiche mich zu den Aufzügen und werfe einen Blick über die Schulter auf Sadie. Sie schenkt mir ein warmes Lächeln und beruhigt mich, dass alles in Ordnung ist. Ich drücke den Knopf für den Aufzug und warte darauf, dass sich die Tür öffnet.

Pauline schüttelt den Kopf und geht zurück zur Rezeption. „Dein Telefon ist nicht im Pausenraum."

„Ich habe es in der unteren Schublade gefunden. Ich weiß nicht, wie es da hingekommen ist." Sadie lacht. „Danke, dass du mir geholfen hast, es zu suchen, Pauline." Sie kommt hinter dem Tresen hervor, als sich die Aufzugtür öffnet.

Ich steige ein und drücke den Knopf für den dritten Stock. Von meiner Position im Fahrstuhl aus kann ich Sadie nicht mehr sehen. Ich möchte einen letzten Blick auf sie werfen, aber ich bin mir sicher, dass ich sie nicht zum letzten Mal gesehen habe, wenn ich im Hotel wohne.

Ich schleppe meine Einkaufstasche mit den wenigen Dingen, die ich benötige, auf mein Zimmer. Von außen ist das Hotel protzig, aber alt. Aber das Innere wurde erst kürzlich renoviert und riecht noch immer nach frischer Farbe. Sogar in den Fluren ist der Teppichboden noch sehr weich.

Ich schließe die Tür zu meinem Zimmer auf. Es gibt eine einzelne Kingsize-Matratze, die für meine Bedürfnisse mehr als perfekt ist. Ich schalte das Licht an und ziehe die Vorhänge zu, denn ich will nicht, dass jemand in mein Zimmer sehen kann. Selbst im dritten Stockwerk möchte ich nicht riskieren, dass mich jemand beobachtet.

Die kleine Küche hat einen großen Kühlschrank, eine Spüle und einen Herd. Das ist genau das, was ich brauche, bis ich weiß, wie es weitergeht.

In New York zu bleiben ist gefährlich, aber wenn ich weggehe und ein neues Leben beginne, habe ich nichts. Keinen Job. Keinen Zugang zu Geldmitteln. Ich bin am Arsch. Und was ich beruflich gemacht habe, kann ich nicht in meinen Lebenslauf schreiben. Es gibt keine Referenzen, die ich anrufen könnte. Verdammt, man kann die Bratva nicht lebend verlassen.

Außer Mikhail und seine Männer glauben, dass ich tot bin.

Ich lasse mich auf den Rand der Matratze fallen. Mein Kopf fällt in meine Hände.

Ich brauche Antworten.

Mikhail will sie mir nicht geben, aber Nikita war derjenige, der mit mir im Auto saß. Ist er tot? Könnte er mit Anton zusammenarbeiten? Würde Nikita Mikhail und die Familie verraten?

Nikita ist ein guter Mann, der Mikhail gegenüber loyal ist, genau wie ich.

Nichts davon ergibt einen Sinn.

Ich kann sie nicht anrufen. Ich will nicht, dass sie wissen, wo ich mich verstecke. Es ist schon schlimm genug, dass sie merken, dass ich noch am Leben bin, sobald ich einen von ihnen erreiche.

Ich lasse die Tasche mit den Kleidern und Toilettenartikeln auf dem Bett liegen und gehe zur Tür. Der Raum erdrückt mich jetzt schon. Ich muss etwas tun. Noch eine Minute zu sitzen, wird nicht helfen.

Als ich die Tür aufmache, sehe ich, dass Sadie auf der gegenüberliegenden Seite steht.

„Hey, ich habe nicht erwartet, dich so schnell wiederzusehen", sage ich. Was macht sie denn hier?

„Ich habe dir ein paar Handtücher mitgebracht." Sie hat einen Stapel flauschiger weißer Handtücher in der Hand und eine Tüte mit Hotel-Toilettenartikeln. „Da du keinen Housekeeping-Service bekommst, dachte ich, ich packe dir ein paar wichtige Dinge ein. Hier sind auch eine Zahnbürste und Zahnpasta."

„Willst du mir damit etwas sagen?"

Sie lacht nervös und legt mir die Sachen auf die Arme, damit ich sie nehme.

„Willst du mit hereinkommen?", frage ich, während ich ihr die Handtücher abnehme, mich umdrehe, sie ins Zimmer trage und auf den Waschtisch im Bad lege.

Sadie ist nicht im Geringsten nervös. Sie schaut sich im Zimmer um, wahrscheinlich um sicherzustellen, dass alles so ist, wie sie es erwarten hat. „Das ist nicht nötig." Sie schlurft mit den Füßen und ich spüre, dass sie etwas anderes bedrückt.

„Was ist denn? Du bist doch nicht nur hergekommen, um mir Handtücher zu geben." Wahrscheinlich liegen schon ein paar Handtücher im Bad.

„Ich habe mit einem der Beamten im Krankenhaus gesprochen, als du im OP warst", sagt Sadie.

Ich atme nervös ein und räuspere mich. „Und?" Sie hätte mir nicht geholfen, wenn sie wüsste, wer ich bin oder für wen ich arbeite.

„Und nichts. Er war genauso ausweichend, wie du es bist." Sie geht einen Schritt weiter in mein Zimmer und schließt die Tür hinter sich.

Ihre Hände sind leer. Es gibt keine Waffe, aber sie scheint auch keinen Rückzieher zu machen.

Hatte sie vor, mich hierherzubringen, um mich an das Kartell, die Mafia oder die Bratva auszuliefern? Mein Instinkt warnt mich, dass sie gefährlich sein könnte und dass es nur zu ihrem Vorteil ist..

Ich erwidere ihren Blick mit Schweigen. Ich weigere mich, ihr zu antworten. Soweit sie weiß, ist das, was ich gesagt habe, die Wahrheit. Ich kann mich nicht erinnern, was passiert ist. Auch wenn es mir lieber wäre, wenn sie denken würde, dass ich immer noch eine Form von Amnesie habe, kann ich mich nicht an die Schießerei erinnern. Werde ich das eines Tages? Ich habe keine Ahnung.

„Es ist schwer, viele Antworten zu geben, wenn ich nicht weiß, wer ich bin", sage ich. Ich zucke lässig mit den Schultern, werfe ihr einen Blick zu und schleiche mich näher heran. Ich erhebe mich über sie und dringe in ihren persönlichen Raum ein, da sie nur wenige Zentimeter von der Tür entfernt steht. „Wenn es dir nichts ausmacht, ich muss noch woanders hin."

„Und wohin?", fragt Sadie. „Du hast kein Geld, keinen Job und weißt nicht einmal, wie du heißt.

Mein Kiefer krampft sich bei ihrer Frage zusammen. „Ich würde gerne spazieren gehen, um einen klaren Kopf zu bekommen. Ist das ein Problem?"

„Dein Kopf muss sich ausruhen, genau wie der Rest von dir. Hast du vergessen, dass du angeschossen wurdest?"

„Schwer zu vergessen", murmele ich vor mich hin. „Aber das ist schon Wochen her. Mir geht es gut."

Ihre Hände liegen auf meiner Brust und führen mich zum Bett. „Leg dich hin", befiehlt sie, während sie die Decke zurückzieht.

„Es ist noch nicht mal annähernd Schlafenszeit." Das kann nicht ihr Ernst sein. Ich nehme keine Befehle von ihr an.

„Du hast das Krankenhaus entgegen der ärztlichen Anweisung verlassen. Du solltest dich bis zum Abendessen ausruhen."

„Woher weißt du, dass es gegen die Anweisung war?", frage ich. Es war nicht so, dass ich mich im dem Krankenhaus abgemeldet habe. Ich habe mich herausgeschlichen, bevor es jemand merken konnte.

Sie wirft mir einen Blick zu, der mir direkt in die Seele starrt und mich unbehaglich auf den Füßen wippen lässt. „Ich werde es ruhig angehen lassen, unter einer Bedingung."

„Und die wäre?", fragt sie.

„Du spielst Krankenschwester, und ich bleibe im Bett." Ich bezweifle, dass sie daran interessiert ist. Sie ist eine barmherzige Samariterin, die über sich hinauswächst. Vielleicht macht es ihr Spaß, Menschen zu helfen, da sie ein guter Mensch ist. Ich wüsste nicht viel darüber. Ich bin kein Heiliger.

„Ich weiß nicht, was für eine Fantasie du in deinem kaputten und gequetschten Kopf hast, aber ich trage keinen Krankenschwesternkittel und verhätschele dich nicht wie ein Kind."

„Schade", sage ich und grinse. Sie würde in einem kurzen weißen Rock, der kaum ihren Hintern bedeckt, wie eine Bombe aussehen.

„Wisch dir dieses selbst gefällige Grinsen aus dem Gesicht. Ich muss jetzt los, aber ich komme später zurück, um nach dir zu sehen und dir das Abendessen zu bringen. Aber nicht, weil ich deine Krankenschwester bin. Das bin ich nicht." Sadie zieht sich in Richtung Tür zurück. Ihre Unterlippe ist zwischen den Zähnen eingeklemmt. „Ruh dich ein wenig aus."

„Das werde ich, Boss", scherze ich mit ihr. Sie ist nicht im Geringsten einschüchternd.

DREI

Bevor ich zum Chinesen gehe, mache ich mich auf den Weg in meine Wohnung, um meinen Welpen herauszulassen. Allie ist aus dem Ferienlager zurück und verbringt den Tag im Haus ihrer Freundin.

Als ich zu Hause ankomme, schnappe ich mir die Leine, befestige sie an Konas lila Halsband und gehe mit ihr nach unten.

Wäre das Hotel nicht so streng mit seinen Hundeverboten, würde ich sie mitnehmen, wenn ich das Abendessen abliefere.

In weniger als zwanzig Minuten ist Kona Gassi geführt und gefüttert. Ich gebe eine Bestellung zum

Mitnehmen auf. Ich weiß nicht, was er isst, geschweige denn, wie er heißt. Soll ich ihn etwa John nennen, wie in *John Doe*? Ich bestelle einige verschiedene Gerichte. Er kann die Reste aufheben und zu Mittag oder zu Abend essen, bis sich die Lage beruhigt hat.

Ich kann mir vorstellen, was er durchmacht, wenn er nicht weiß, wer er ist und wo er hingehört. Mein Magen ist wie verknotet angesichts der Schwere der Situation. Wenigstens habe ich Allie. Wenn mir etwas zustößt und ich vermisst wäre, würde sie nach mir suchen. Wahrscheinlich ruft sie meine Schwester Ellie an und sie würden alle Krankenhäuser, Leichenhallen und die Lokalnachrichten kontaktieren, um meinen Aufenthaltsort herauszufinden.

Niemanden zu haben, muss die absolute Einsamkeit sein.

Ich werfe einen Blick auf das Headset, das neben dem Fernseher aufgeladen ist. Allie darf es nicht mit zur Übernachtung nehmen. Wenn sie online Multiplayer spielt, muss sie von einem Erwachsenen beaufsichtigt werden. Das sind die Hausregeln. Ich habe die Möglichkeit, ihr Spiel über mein Telefon zu beobachten oder mit ihr im Wohnzimmer abzuhängen, um sicherzustellen, dass sie klug und sicher mit den Informationen umgeht, die sie Fremden online gibt.

Ich vertraue Allie. Es sind andere Widerlinge im Internet, denen ich nicht trauen kann.

Ich gebe Kona ein paar zusätzliche Streicheleinheiten und Leckerlis, bevor ich zum Restaurant gehe, um das Abendessen abzuholen. Ich sollte den Fremden, John, in Ruhe lassen. Ich bin mir nicht sicher, ob er meine Hilfe überhaupt will, aber es kann mich nicht davon abhalten, mir das Abendessen zu schnappen und vor seiner Tür aufzutauchen.

Mit einem festen Klopfen warte ich darauf, dass er die Tür aufschließt und mir Einlass gewährt.

Er reißt die Tür auf und wirft einen Blick auf mich. „Du hast das Abendessen mitgebracht."

„Das habe ich gesagt", antworte ich, schleiche mich durch die offene Tür an ihm vorbei.

„Lass dich rein", sagt er leise.

Ich ignoriere seine Bemerkung. Er ist wahrscheinlich mürrisch, weil er sechs Wochen im Koma lag. Ich bin sicher, das wäre ich auch. Ich gehe zu der Küchenzeile und lasse die Papiertüte mit dem Abendessen auf den Tisch fallen. „Ich war mir nicht sicher, was du isst, also habe ich ein paar Sachen gekauft. Was du nicht aufisst, stellst du in den Kühlschrank, dann hast du eine Mahlzeit für morgen und übermorgen."

„Du bleibst nicht hier."

Es ist keine Frage, und ich kann nicht sagen, ob ich enttäuscht oder erleichtert bin. Er hat es unmöglich gemacht, seine Körpersprache oder seinen Tonfall zu deuten.

„Ich muss zurück zu Kona." Eigentlich wollte ich mit ihm zu Abend essen, aber er hat etwas an sich, eine dunkle Seite, die mich nervös macht.

„Kona, wie auf Hawaii?" Er zieht die Stirn in Falten. „Das ist weit weg von New York City."

„Mein Hund, Kona", sage ich und räuspere mich.

„Sitz." Seine Worte sind ein Befehl, als er einen leeren Stuhl herauszieht und mir zunickt, damit ich mich setze.

Ich mache den Mund auf, um zu widersprechen. Ich bin kein Hund. Ich nehme verbale Befehle nicht als Befehle an. „Ich will nicht zu lange bleiben."

„Ich habe dich eingeladen, dich zu setzen", sagt er.

Ich komme der Aufforderung nach, und sei es nur, weil ich das Abendessen mitgebracht habe und mich auf die Mahlzeit mit ihm freue. Wir setzen uns und essen. Es herrscht Stille im Raum. Ich benutze die hölzernen Essstäbchen, während der geheimnisvolle Mann, der mir gegenübersitzt, eine Gabel benutzt.

„Du hast vorhin erwähnt, dass du ein Haustier hast. Was für einen Hund hast du denn?"

„Einen Australian Shepherd."

„Ich würde ihn oder sie gerne kennenlernen."

„Sie", sage ich und greife nach meinem Glas Wasser, das er mir auf den Tisch gestellt hat. Ich nehme einen Schluck und mein Blick bleibt an seinem hängen. „Du kannst dich immer noch nicht an die Zeit vor der Schießerei erinnern?", frage ich.

„An nichts." Er rutscht unbehaglich auf seinemStuhl hin und her und zuckt mit den Schultern.

Warum habe ich das Gefühl, dass er etwas vor mir verheimlicht?

„Nun, ich muss dich irgendwie nennen. Wenn du dich nicht an deinen Namen erinnern kannst, das Krankenhaus hat dich als John Doe eingetragen."

Seine Oberlippe kräuselt sich vor Abscheu. „Das ist nicht mein Name."

„Natürlich nicht", sage ich und rolle mit den Augen. „Aber du brauchst einen Namen, und Bearded Bad Boy scheint mir nicht angemessen zu sein.

Seine Augen weiten sich. Ich frage mich, ob er mir die Wahrheit verheimlicht hat oder ob seine Erinnerung wieder aufgetaucht ist, obwohl er sich angeblich an nichts erinnern kann.

Es könnte aber auch sein, dass ich ihm nur einen Spitznamen gegeben habe, den er als beleidigend empfindet.

„Wie hast du mich genannt?"

„Bearded Bad Boy", sage ich, als hätte ich diesen Ausdruck gerade erfunden.

Sein Blick ist wie versteinert, als er mir direkt in die Seele starrt.

Ich weigere mich, zurückzuweichen oder mich zu ducken. Er ist derjenige, der darauf besteht, dass er nicht weiß, wer er ist.

„Das ist eine interessante Wahl."

Ich nehme einen weiteren Bissen vom Abendessen und schaue auf meinen Teller, um seinem erhitzten Blick auszuweichen. Woran zum Teufel erinnert er sich? Es kann kein Zufall sein, dass er so grob mit meiner Bemerkung umgeht. „Ja, ich habe nur einen Namen gehört, der zu dir zu passen scheint." Ich gehe nicht näher darauf ein, wo ich diesen Namen gehört habe.

Sein Kiefer ist angespannt, und er greift nach seinem Wasserglas und nimmt einen kleinen Schluck. „Du denkst, ich bin ein böser Junge?"

Ich gestikuliere auf seinen Arm. „Die Tattoos sind ein eindeutiges Zeichen. Erinnerst du dich an die Bedeutung eines von ihnen?" Ich möchte ihn nach dem Stern-Tattoo auf seiner Brust fragen, das ich auch schon gesehen habe.

„Nein, ich weiß nicht warum ich Tattoos auf meinen Armen habe", sagt er. „Genauso wie ich mich nicht an meinen Namen erinnern kann. Aber ich bin mir sicher, dass es nicht Bearded Bad Boy ist." Er nimmt noch ein paar Bissen vom Essen, aber ich habe den Eindruck, dass er mir damit zeigen will, dass er mit dem Reden fertig ist, zumindest über seinen Namen.

Warum regt er sich so sehr über den Spitznamen auf? Ist er es und erinnert sich an etwas Zwielichtiges oder Unheimliches aus seiner Vergangenheit?

Er ist mit dem Essen fertig, bevor ich fertig bin, und beginnt, das Geschirr abzuräumen und die nicht gegessenen und übrig gebliebenen Speisen in den Kühlschrank zu stellen. Es ist, als wolle er mir sagen, dass es Zeit ist, fertig zu werden und zu gehen, ohne ein Wort zu sagen.

Nach dem Essen räume ich mein Geschirr ab und spüle das restliche Geschirr in der Spüle, bevor ich die Spülmaschine einräume. „Ich sollte gehen." Er scheint nicht zu wollen, dass ich hier bleibe, ich habe ihn beleidigt, ob ich es nun wollte oder nicht.

Sein Kiefer bleibt angespannt, während er mich zur Tür begleitet. „Danke für alles, was du getan hast. Aber das war nicht nötig."

„Ich würde sagen, ein Dach über dem Kopf zu haben, ist notwendig. Der Wetterbericht sagt für heute Abend Regen voraus. Gern geschehen."

Er stößt einen gehauchten Seufzer aus und öffnet die Tür. „Ich bin dir dankbar für alles, was du für mich getan hast..."

Es folgt Schweigen. Hat er meinen Namen vergessen, oder ist es etwas anderes? Ich entscheide mich dafür, ihn an meinen Namen zu erinnern. Er hat im Koma gelegen. Ich würde es ihm nicht verübeln, wenn er vergessen würde, wer ich bin. „Ich heiße Sadie", sage ich.

„Ich weiß. Ich würde dich nie vergessen", flüstert er. Die Rauheit verflüchtigt sich wie Rauch, der durch ein offenes Fenster nach draußen weht.

„Natürlich nicht, nur dich", sage ich und lächle, um einen Witz zu machen. Es ist kein guter, und er lacht nicht.

Wahrscheinlich, weil es wahr und schmerzhaft ist. „Wie kommst du auf den lustigen Spitznamen für mich?" Er hält mir die Tür auf und ich stehe in der Tür und warte darauf, bis ich gehen kann. Ich sollte abhauen, bevor ich die dümmste und lächerlichste

Begründung für den Namen, den ich ihm gegeben habe, preisgebe.

„Es ist lächerlich", sage ich und halte ihn hin. Warum muss er es erwähnen?

„Du hast ihn doch nicht einfach aus der Luft gegriffen."

Weiß er es? Könnte es sein, dass er sich an die Vergangenheit erinnert? Wenn ja, bezweifle ich, dass er sich an etwas von mir erinnert. Das ist weit hergeholt, wenn ich bedenke, dass der bärtige Bad Boy in der VR-Welt *er* ist.

„Meine Nichte hat ein Videospiel, das sie gerne mit anderen Leuten spielt. Einer dieser Gamer ist *Bearded Bad Boy*", sage ich. „Du hast einfach... der Name schien passend."

Seine Augen funkeln mit der Andeutung eines Lächelns. „Ist das so?"

Ich zeige auf die Tür, die offen bleibt. „Ich sollte gehen", sage ich. Er hat mir deutlich zu verstehen gegeben, dass er mich zum Gehen auffordert, indem er mich zur Tür hinausbegleitet. Außerdem ist er ein Fremder. Wie viel weiß ich über ihn? Er könnte ein Mörder sein, und ich könnte sein nächstes Ziel sein.

Im Wald erschossen und zum Sterben zurückgelassen zu werden, könnte eine Warnung sein.

„Wir sehen uns, Sadie."

Die Art, wie er meinen Namen ausspricht, lässt meinen Magen flattern, als wäre ich wieder in der Middle School. Nur, dass ich dieses Mal einem Mann helfe, über den ich nichts weiß. Wenn ich es jemandem erzähle, würde man mich warnen, ich sollte mich von ihm fernzuhalten. Er ist gefährlich oder hat zumindest mit Männern zu tun, die ihn umbringen wollen.

„Sadie!" Als ich zwei Tage später zur Arbeit komme, bittet mich mein Chef Connor mit einer Geste in sein Büro.

Innerlich ziehe ich eine Grimasse. Mein Magen krampft und ich bin voller Angst. Mit schleppenden Schritten gehe ich in sein Büro.

„Mach die Tür zu", sagt er.

„Stimmt etwas nicht, Sir?", frage ich.

„Kannst du mir erklären, warum ein Gast in einem der Zimmer übernachtet, die in unserem System als nicht verfügbar gekennzeichnet sind?"

„Ich weiß nicht, was du meinst." Ich lasse meine Hände an den Seiten und gebe mein Bestes, um nicht zu zappeln oder schuldbewusst zu wirken. Was ich getan habe, war nicht so schlimm. Es gibt schlimmere Verbrechen, die man begehen kann. Ich habe einem Mann geholfen. Wir hatten ein leeres Zimmer im Hotel.

„Du hast einen Gast in ein Zimmer eingecheckt, das repariert werden musste. Heute Morgen habe ich das Zimmer von einem unserer Wartungsteams inspizieren lassen, da du dich nicht dazu geäußert hast, warum das Zimmer nicht verfügbar war. Du kannst dir vorstellen, wie überrascht ich war, als ich feststellte, dass ein Gast in dem Zimmer wohnte."

Ich öffne meinen Mund und schließe ihn schnell wieder. „Ich muss—"

Connor hält mir seine Hand hin und hält mich davon ab, mein eigenes Grab zu schaufeln. „Ich weiß nicht, was du vorhast, aber es war klar, dass der betreffende Herr keine Zimmerreservierung hatte und nirgendwo in unserem System zu finden ist. Du bist gefeuert."

„Was?" Ich schnaufe. Mein Magen klappt zusammen und meine Hände zittern an der Seite. „Sir, ich kann das erklären."

„Es ist nicht erlaubt, kostenlose Zimmer an deine Freunde zu vergeben. Das solltest du doch wissen, Sadie. Wir betreiben hier kein Bordell."

„Wie bitte?" Ich verschlucke mich. Das kann nicht sein Ernst sein. „Ich kann dir versichern, dass das nicht der Fall ist."

„Es ist mir egal, wie du deine Tat begründest, aber für mich ist es Diebstahl. Du hast Glück, dass wir dich nicht anklagen und vom Grundstück verweisen. Nimm deine Sachen und verschwinde."

„Es war nur ein Versehen", sage ich und versuche, den Gast in dem als nicht verfügbar und reparaturbedürftig gekennzeichneten Zimmer zu rechtfertigen.

„Raus hier", brüllt er und ein Schauer durchfährt mich. Ich schleiche zur Tür und lege meine Hand auf den Metallgriff. „Es sei denn, du beabsichtigt mir dieselben Dienste anbieten, die du gestern Abend dem Herren am Telefon angeboten hast."

„Wie bitte?" Plötzlich scheint es gar nicht mehr so schlimm zu sein, gefeuert zu werden.

„Wir haben Kameras, Sadie. Du warst gestern zweimal in seinem Hotelzimmer. Du kannst mir nicht erzählen, dass es kein Schäferstündchen war."

„Fick dich!" Ich reiße seine Bürotür auf und stapfe hinaus. Es hat keinen Sinn, mich vor Connor zu rechtfertigen. Er ist ein Schwein.

Ich nehme meine Handtasche in die Hand und stürme durch den Vordereingang aus dem Hotel und gehe in Richtung Parkhaus.

Wie kann er es wagen, mir zu unterstellen, dass ich Kunden für Sex anschleppe, und mir vorzuschlagen, dass ich dasselbe für ihn tue? Was für eine Frechheit von ihm!

„Danke, dass du dich mit mir triffst." Der Barhocker dreht sich unter meinem Gewicht, als ich eine weitere Runde bestelle.

„Tut mir leid, dass ich nicht früher hier sein konnte." Sie deutet mit einer Geste in Richtung des Rings an, dass ihr Mann schuld ist. Die ersten zwei Jahre ihrer Ehe waren steinig, und ich glaube nicht, dass es für sie besser wird. Ihr Mann ist ein narzisstisches Arschloch. Ich sage ihr immer wieder, dass sie ihn verlassen soll. Sie kann bei Allie und mir wohnen, aber wir haben nicht viel Platz. Sie müsste auf der Couch pennen.

„Ich nehme das Gleiche wie sie", sagt Clare, schnappt sich den Sitz neben mir und stützt sich darauf ab. „Was gibt's?"

„Ich wurde gefeuert." Ich schnappe mir den Shot und kippe ihn in Windeseile hinunter. Ich habe schon drei Drinks getrunken. Oder waren es vier? „Connor ist solch ein Arschloch."

Clare weiß bereits, dass ich meinen Job verloren habe. Ich habe ihr eine SMS geschickt und ihr gesagt, dass ich sie so schnell wie möglich in der Bar sehen möchte.

Allie verbringt die Nacht mit dem Nachbarmädchen, also muss ich mir wenigstens keine Sorgen machen, dass sie mich betrunken sieht, wenn ich nach Hause komme.

Der Barkeeper schenkt uns beiden einen Shot ein. „Auf die Männer, die Schwänze in unserem Leben sind", sagt Clare.

Clare und ich stoßen mit den Gläsern an und kippen sie dann gemeinsam hinunter.

Ich lache leise vor mich hin. Sie hat nicht Unrecht. „Dieser Arsch Connor, ich schwöre, wenn er hier reinkommt, würde ich ihm ein Knie in die Leistengegend schlagen und dann eine Flasche Tequila über ihn kippen." Er ekelt mich an. Ich bin nicht ganz unschuldig, weil ich einen Fremden in einem der Hotelzimmer versteckt habe, aber er ist ja kein gesuchter Verbrecher. Und wir hatten keinen Sex. Was für eine Frechheit von ihm, mir das zu unterstellen!

„Das wäre eine Verschwendung von gutem Tequila", sagt Clare. „Aber ich verstehe, was du meinst. Er hat es nicht verdient, im Hotel zu arbeiten. Hast du nicht gesagt, dass er den Job nur hat, weil seine Familie die Hotelkette besitzt?"

„Sein Bruder Levi hat das Luxenberg geerbt. Es wird gemunkelt, dass er Mitleid mit Connor hatte und ihm deshalb eine Führungsposition in einem der New Yorker Hotels gab."

„Dann hätte er ihn feuern sollen." Mein Blut kocht und ich signalisiere dem Barkeeper erneut, dass wir noch eine Runde wollen.

„Vielleicht solltest du es langsamer angehen", sagt Bearded Bad Boy, als er auf uns zukommt.

Er trägt ein dunkles T-Shirt und blaue Jeans, die ihn genau richtig passt . Mein Blick verweilt länger, als er sollte. Bemerkt er es? „Was machst du hier? Verfolgst du mich etwa?"

Er schnaubt leise und lehnt sich mit dem Rücken an die Theke. „Nein. Ich habe nur ein paar Geschäfte erledigt, weil ich einen neuen Platz zum Pennen brauche."

„Ich bin Clare", sagt meine Freundin, streckt ihre Hand aus und stellt sich vor. Sie grinst breit und schaut zwischen ihm und mir hin und her. „Und du bist?"

„Er geht", sage ich.

„Das musst du nicht", wirft Clare ein. Das Mädchen weiß nicht, wann sie ihre Klappe halten soll. „Es tut mir leid, meine Freundin hatte einfach einen schlechten Tag. Ihr Chef ist ein Arschloch und sie wurde gefeuert."

„Er hat dich gefeuert?", sagt Bearded Bad Boy. Ich schwöre, dass ich ihn leise knurren höre. Seine Oberlippe zuckt zu einem Knurren. „Ich werde ihn umbringen." Er ist nicht leise mit seiner Drohung.

So gerne ich Connor auch verprügelt und aus dem Spiel genommen sehen würde, brauche ich niemanden, der für mich oder meine Ehre eintritt. „Das ist nicht nötig." Ich halte meine Hand hoch, um ihn davon abzuhalten, etwas zu tun, wo ich mir nicht sicher bin. „Es war nur ein dummer Job. Ich kann einen anderen finden."

„Vielleicht kann sie ja für dich arbeiten", sagt Clare mit einem Grinsen. „Und du bist?" Das Mädchen ist hartnäckig. Ich habe ihr nie von der Schießerei im Wald oder dem Fremden im Krankenhaus erzählt. Wir sehen uns nicht sehr oft. Ich sollte sie nicht anrufen, um mir Luft zu machen, aber ich brauche jemanden, der mir hilft, meinen Kopf wieder aufzurichten und aufzupassen, dass ich nicht mit einem Typen aus der Bar ins Bett falle.

Clare ist normalerweise die Vernünftige, zumindest wenn es ums Trinken geht.

„Dmitri."

„Erinnerst du dich an deinen Namen?" Ich kann die Aufregung nicht verbergen, die in mir brodelt. „Das ist gut!"

„Ich erinnere mich an einige Dinge", sagt er, ohne weiter darauf einzugehen.

Clare blickt von Dmitri zu mir. „Du hast vergessen, wer du bist?"

„Das ist eine lange Geschichte", sage ich und zwinge Dmitri nicht, sie Clare zu erzählen , wenn er es nicht will.

Sie kippt den zweiten Shot, den sie bestellt hat, hinunter, während der Barkeeper eine weitere Runde macht. „Ich bin gleich wieder da. Ich muss mal auf die Toilette." Clare verlässt die Bar, schlüpft an Dmitri vorbei und lässt uns beide allein zurück.

„Ich sollte mit ihr gehen", sage ich, Dmitri legt seine Hand auf meinen Arm.

„Weil du gehen musst, oder weil du nicht mit mir allein sein willst?"

Ich kneife die Lippen zusammen und merke, dass er recht hat. „Ich bin nicht böse, wenn du dich das fragst."

„Ich war also der Grund, warum du gefeuert wurdest", sagt Dmitri. Seine Stirn ist gerunzelt, er nimmt seine Hand von meinem Arm und ballt sie zu einer Faust. Die Muskeln in seinen Armen zucken, die Adern wölben sich, während die Wut an die Oberfläche zu steigen scheint.

„Es ist nichts", sage ich und zucke mit den Schultern. „Ich hätte mir einen anderen Job suchen sollen. Connor, mein Chef, ist ein Idiot. Er hat den Job nur, weil seinem Bruder die Hotelkette gehört."

„Connor muss der kleine, kahlköpfige Mann mit den buschigen Augenbrauen und den Ohrhaaren sein?"

Ich kichere und Dmitri gewinnt ein Lächeln für mich. „Das mit den Ohrhaaren ist mir gar nicht aufgefallen."

„Wie konntest du sie nicht bemerken?", fragt er mit großen Augen. „Sie waren ziemlich abstoßend, und ich kann mir nur vorstellen, dass sie draußen im Wind flattern und ihm vielleicht sogar Flügel verleihen."

„Schweine haben keine Flügel."

„Du kennst doch das Sprichwort, wenn Schweine fliegen", scherzt Dmitri und greift nach dem

Schnaps, den der Barkeeper bringt, um ihn mir zu stehlen. „Du hast genügend getrunken."

Meine Schultern sacken zusammen. „Gut. Fährst du mich nach Hause, wenn der Abend vorbei ist?" Ich meine die Bitte nicht ernst. Der Mann ist mir nichts schuldig.

„Ich werde deine Schlüssel nehmen", sagt Dmitri mit fester Stimme. Er macht keine Witze. „Du setzt dich nicht betrunken hinter das Steuer."

Clare kommt von der Toilette zurück, schiebt sich an Dmitri vorbei und setzt sich wieder auf den Barhocker. „Danke, dass du mir den Platz freigehalten hast. Was habe ich verpasst?" Sie lächelt, ihre Wangen sind rosig und gerötet von den zwei Shots, die sie seit ihrer Ankunft im Club getrunken hat.

Die Musik pulsiert in dem kleinen Raum. „Wir sollten tanzen", sagt Clare und rutscht leicht von dem Barhocker. Sie ergreift meinen Arm und zieht mich von meinem Platz.

Der Raum schwankt, und ich stolpere in Dmitri's Arme, oder stellt er sich mir in den Weg, um mich vor dem Fallen zu bewahren. Ich bin mir nicht sicher, was zuerst passiert.

„Du kannst kaum noch stehen", sagt Dmitri.

„Weil du mich nicht lässt."

Er löst seinen Griff von meinen Armen, aber seine Hände sind direkt neben meinen Hüften.

„Es geht ihr gut. Ich habe sie", sagt Clare, packt mich am Arm und zieht mich auf die Tanzfläche.

Dmitri steht zwischen unseren Barhockern und sieht zu, mit dem Rücken zur hölzernen Barplatte. Er verschränkt die Arme vor der Brust. Seine Augenbrauen sind zusammengezogen, während er uns beim Tanzen zusieht.

„Stehst du auf Dmitri?", schreit Clare über die Musik hinweg.

Meine Wangen brennen und meine Augen weiten sich, aber er ist weit genug entfernt, dass ich bezweifle, dass er ihre Frage hören kann. Zumindest hoffe ich, dass er es nicht kann.

„Was? Nein," sage ich ein wenig zu schnell. „Wir sind nur Freunde." Ich bin mir nicht sicher, ob wir Freunde sind, aber ich habe ihm geholfen und er sagt mir jetzt, was ich heute Abend tun darf und was nicht. Nicht, dass ich die Absicht hatte, nach Hause zu fahren. Ich wollte die U-Bahn nehmen, aber ich mag es trotzdem nicht, von jemandem herumkommandiert zu werden.

„Nun, er schaut sich deinen Arsch an." Clare grinst und winkt ihm zu, um ihm zu zeigen, dass sie ihn beim Starren erwischt hat.

„Wahrscheinlich starrt er dich an", murmle ich. Clare hatte schon immer ein Talent dafür, die Blicke eines Mannes einzufangen und seine Aufmerksamkeit zu bekommen.

Das bin ich nicht. Ich bin das Mädchen, mit dem alle befreundet sein wollen, das Mädchen von nebenan. Das ist ätzend.

Ich möchte mich nicht binden, aber ich hätte nichts dagegen, mich mit dem richtigen Mann niederzulassen. Aber das ist eine Fantasie, ich habe Allie und sie hat Vorrang. Männer machen alles komplizierter, oder besser gesagt, Beziehungen verkomplizieren die Dinge.

„Nein, er mag dich", sagt Clare. „Du solltest mit ihm tanzen."

Ich stöhne. „Das werde ich nicht tun."

„Und warum nicht?", fragt sie. Das Mädchen versteht nicht, dass es Dinge gibt, über die ich vielleicht nicht reden möchte. „Du könntest zumindest mit ihm knutschen."

„Wie bitte?" Ich lache über ihren Vorschlag.

„Komm schon. Wann hast du das letzte Mal mit einem Mann geschlafen?" Sie hält eine Hand hoch. „Du musst das nicht beantworten, aber denk mal darüber nach. Du hast heute eine Menge aufgestauten Frust, und er kann mit deinen Bedürfnissen umgehen."

Clare winkt ihm mit einem breiten Grinsen im Gesicht zu. „Sie will dich ficken!" Sie versucht, über die Musik hinweg zu schreien, aber ich bin froh, dass er nicht hören kann, was sie sagt. Hoffentlich kann er auch nicht von den Lippen ablesen.

„Du bist böse." Ich sollte wütend auf Clare sein, aber ich bin es nicht. Das Mädchen hat meistens nur besten Absichten im Sinn.

Dmitri stolziert über die Tanzfläche. Seine Augen sind warm und sie funkeln, als er dezent lächelt. „Was war das?", fragt er, als ob er ihre Worte verstanden hat, er ist ein besserer Gentleman als die meisten Jungs.

„Tanz mit mir", sage ich und Clare schiebt mich auf Dmitri zu, ihre Hand liegt auf meinem Rücken, um mich näher an ihn zu drücken. Meine Arme legen sich um seinen Hals und seine Hände liegen an meiner Taille und halten mich fest, während sich der Raum dreht. Selbst wenn ich ihn mit nach Hause nehmen und in mein Bett einladen wollte, würde wohl nichts passieren. Es ist nicht sexy, eine betrunkene Frau mit nach Hause zu nehmen, die kaum auf ihren eigenen Füßen stehen kann.

„Es wäre mir ein Vergnügen", sagt Dmitri und zieht mich enger an sich heran. Sein Atem kitzelt an meinem Ohr, als er sich zu mir beugt und flüstert: „Hat deine Freundin mir gerade gesagt, dass sie mich ficken will?"

Ich huste und verschlucke mich an seinen Worten. „Nein", quieke ich und bin halb dankbar, dass er ihre Worte falsch interpretiert hat.

„Okay, gut. Denn sie ist nicht mein Typ."

„Klug, witzig und wunderschön ist nicht dein Typ?", frage ich und schaue zu ihm auf. „Das ist aber schade."

„Nein, aber sie ist nicht diejenige, an der ich interessiert bin", flüstert Dmitri.

Ich erschaudere und er zieht mich fester an sich. Seine Hand ruht auf meinem unteren Rücken und mit sanften Bewegungen streichelt er meine Haut und fährt mit den Fingern unter den Saum meines Hemdes.

Ich stelle mich auf die Zehenspitzen und ziehe Dmitri zu mir herunter, um ihn zu küssen, zu schmecken und zu verschlingen.

Er zieht sich zurück und räuspert sich. „Es ist schon spät. Du hast schon mehr als genug getrunken. Ich sollte dich nach Hause bringen."

„Wenn du kein Interesse hast, musst du es nur sagen." Ich drehe mich aus seiner Umklammerung heraus.

Dmitris Augen verengen sich und sein Kiefer ist angespannt. „Wir sollten Clare anbieten, sie nach Hause zu fahren."

Er ist viel mehr Gentleman, als ich gedacht hätte.

„Hast du Angst, mit mir allein im Auto zu sein?"

„Ich mache mir Sorgen, deine Freundin in der Bar allein zu lassen, mit Dutzenden von Männern, die eine hübsche junge Frau ausnutzen wollen."

Seine Worte durchbohren mich. „Wenn du sie so sehr magst, bringst du sie nach Hause." Ich wende mich von ihm ab und gehe auf die Toilette.

Der Raum schwankt, als ich gehe, und Dmitri dreht mich zu sich herum, seine Hände liegen fest auf meinen Schultern. „Warum kämpfst du mit mir?"

„Ich brauche dein Mitleid nicht." Ich verschränke die Arme vor der Brust und ziehe alle Schranken um mein Herz und mich.

„Glaubst du, dass ich dich bemitleide? Wofür? Weil du deinen Job verloren hast?"

Ich bin heute Abend nicht in die Bar gekommen, um Dmitri zu treffen und mit ihm zu streiten. „Ich gehe nach Hause", sage ich und gehe von ihm weg zu Clare.

„Gehen wir?", fragt sie und sieht mich an, als hätte sie etwas von dem Gespräch mitbekommen. Oder sie ist verdammt scharfsinnig.

„Ja", sage ich und ergreife ihren Arm, um mich bei ihr unterzuhaken.

„U-Bahn oder Taxi?", fragt Clare.

Ich bin heute Abend nicht gefahren. Ich habe mein Auto an meiner Wohnung abgestellt und bin mit der U-Bahn hergekommen. „U-Bahn", sage ich. „Wie bist du hergekommen?"

„Genauso, aber ich nehme ein Taxi nach Hause."

Dmitri ist direkt hinter uns und folgt uns auf Schritt und Tritt. Er hält Clare die Tür auf und wir schlüpfen gemeinsam durch den Vordereingang hinaus. Sie wirft einen Arm hoch und ruft ein Taxi. Es dauert eine Minute, bis eines an der Ecke anhält.

„Möchtest du mitfahren?", fragt sie.

Dmitri geht auf das Taxi zu. „Ich bringe sie sicher nach Hause."

Clare starrt mich mit einem stummen Blick an und wartet auf meine Zustimmung. „Ich komme schon klar."

„Schick mir eine SMS, wenn du zu Hause bist, und viel Spaß", sagt Clare mit einem Winken und geht zu dem hinteren Teil des Taxis. Dmitri schließt die Hintertür, sobald sie drinnen ist.

„Taxi oder U-Bahn?", fragt er.

„Ich nehme die U-Bahn." Ich gehe den Bürgersteig entlang und er ist direkt an meiner Seit, wie ein Schatten, der nicht verschwinden will.

„Ich auch", sagt Dmitri. Er folgt mir zwei Straßen weiter und die Treppe hinunter.

„Ich komme schon klar." Ich bestehe darauf, dass er mich nicht begleiten muss, wenn es das ist, was er tut.

Vielleicht sollte ich mir Sorgen machen, dass er mir folgt, aber er könnte schnell in die andere Richtung gehen, wenn wir hineingehen, oder er könnte einen anderen Zug nehmen.

„Natürlich wirst du das. Wie wäre es, wenn ich dich nach Hause bringe?" Sein Arm legt sich um meine Taille und hält mich fest umschlungen. Für einen Mann, der deutlich gemacht hat, dass er nicht an mir interessiert ist, frage ich mich, warum er sich an meine Hüfte schmiegt.

Macht er sich Sorgen, dass ich mit jemand anderem nach Hause gehen könnte?

Versucht er, mich als sein Eigentum zu beanspruchen?

Ich gehe hinunter zum Bahnsteig und er ist an meiner Seite. Er kann nicht zurück ins Hotel gehen, ohne ein Zimmer zu bezahlen. „Ich brauche keinen Leibwächter."

„Trotzdem würde ich mich wohler fühlen, wenn ich dafür sorgen könnte, dass du gut nach Hause kommst."

Ich schaue ihn an. Tattoos bedecken seine Arme und lugen unter seinem Hemd am Hals hervor. Ich stolpere über meine Füße und er drückt mich an sich, damit ich nicht auf mein Gesicht oder noch schlimmer, auf die Gleise falle.

„Das war's. Ich akzeptiere kein Nein als Antwort." Er ist fest in seiner Entscheidung.

Ich widerspreche nicht. Mein Körper schwankt, als der Zug einfährt und er mir beim Einsteigen hilft. Er steht hinter mir, ein Arm um meine Taille, mit dem anderen hält er sich an der Metallstange fest, während wir im Zug stehen.

Die Türen schließen sich, und ich falle fast auf meinen Hintern. Zum Glück schmiegt sich Dmitri an meinen Hintern und hält mich sicher fest. Sein Griff um mich wird noch fester. „Glaube keine Sekunde, dass ich dich nicht attraktiv finde, *Malishka*", flüstert er. „Es kostet mich jedes Quäntchen Selbstbeherrschung, dich nicht zu beugen und dich genau hier zu ficken, wo alle es sehen können."

Mein Atem bleibt mir im Hals stecken.Ich bezweifle, dass jemand gehört hat, was er gesagt hat, aber ich habe jedes Wort verstanden, wie er es beabsichtigt hat.

Der Zug ist warm, als wir an mehreren Haltestellen vorbeifahren, bis wir unser Ziel erreichen. „Das ist es", sage ich, als wir uns nähern. „Bringst du mich zu meiner Haustür?"

„Das ist der Plan." Er begleitet mich aus dem Zug und auf den Bahnsteig, wo wir auf die Rolltreppe zugehen.

Er ist an meiner Seite. Sein Arm schlingt sich um meine Hüfte und er drückt mich fest an sich. Er strahlt eine gewisse Wärme aus, vielleicht ist es aber auch der Alkohol, der mich zusammen mit seiner Anwesenheit innerlich aufgewärmt hat.

Er begleitet mich zurück in meine Wohnung. Von der U-Bahn aus sind es nur ein paar Blocks, und es ist schon spät. Ich gebe nicht zu, dass ich für seine Begleitung dankbar bin, während ich auf meinen Füßen schwanke. Dmitri hält mich aufrecht und im Gleichgewicht.

Ich schließe den Haupteingang des Wohnkomplexes auf, und er begleitet mich in den Aufzug. „Du musst mich nicht hineinbegleiten. Ich bin jetzt in Sicherheit", sage ich.

„Welches Stockwerk?", fragt er, als er vor der Schalttafel im Aufzug steht.

„Sechs", sage ich.

Er drückt den Knopf für den sechsten Stock, und nachdem sich die Türen geschlossen haben, drücke ich die Knöpfe für alle anderen Stockwerke über sechs.

„Du bist ein Monster", scherzt er.

Es ist mitten in der Nacht. Wie viele Leute fahren um diese Zeit mit dem Aufzug? „Ich weiß." Ich lehne mich an Dmitri, während der Aufzug nach oben fährt, und wir erreichen den sechsten Stock.

Die Doppeltüren öffnen sich und ich krame aus meiner Handtasche meine Schlüssel heraus, während ich aus dem Aufzug steige. Er ist bei jedem Schritt direkt neben mir.

Wartet er darauf, dass ich ihn herein bitte? Ich schiebe den Schlüssel ins Schloss, drehe mich um, packe ihn am Hemd und ziehe ihn fest an mich, sodass meine Lippen auf seine prallen. Ist das nicht der Grund, warum er hier ist?

„Sadie", flüstert er, seine Stimme ist rau und kehlig, als seine Lippen auf meinen Hals fallen. Es ist so heiß, dass ich mir in seiner Gegenwart am liebsten die Kleider vom Leib reißen würde.

Ich ersticke, und seine Lippen bringen mich im Flur nur noch mehr zum Schmelzen. Ich greife hinter mir nach dem Türgriff und gehe hinein.

Er ist direkt bei mir, genauso wie Kona, die vor Aufregung über meine Anwesenheit springt und bellt.

Oder vielleicht macht sie mich auf den Neuankömmling aufmerksam, der mich begleitet.

„Hallo", grunzt er, als er die Tür mit dem Fuß zuschlägt und gegen die Eingangstür zurückgeschoben wird. Kona hat sich auf ihn gestürzt, zwei Pfoten auf seiner Brust, schnüffelt und entscheidet, ob er es wert ist, hereinzukommen. Er ist kurz erschrocken und ich kann nicht sagen, ob er Hunde mag oder sie verachtet. Angst scheint er jedenfalls nicht zu haben.

„Kona, runter", sage ich und zeige ihr, dass sie sich setzen soll.

Sie löst ihren Griff um Dmitri, tritt zurück und setzt sich neben die Haustür, um ihn anzustarren. Sie wedelt mit dem Schwanz, das größte Zeichen dafür, dass sie freundlich und nicht bedrohlich ist.

Ich werfe einen Blick über meine Schulter auf Dmitri, als ich das Licht anschalte und von der Helligkeit zusammenzucke.

Er beugt sich zu Kona hinunter und streichelt mein Mädchen. Wenn sie ein Wachhund wäre, hätte er sie einfach gebrochen.

„Du bist ein Hundemensch", sage ich und werfe einen Blick auf Dmitri, denn Kona hat Gefallen an ihm gefunden und reibt sich an ihm, um noch mehr Streicheleinheiten zu bekommen.

Ich traue mich nicht zuzugeben, dass ich eifersüchtig bin, dass sie heute Abend seine Aufmerksamkeit gewonnen hat. Einen Moment lang hatte ich Kona vergessen und mir vorgestellt, wie er die Tür zuschlägt und mich dagegen fickt.

Ich nehme an, das wird nicht passieren.

Schade.

„Als Kind hatte ich einen Rettungshund, als wir nach Amerika zogen."

Ich bin neugierig, woran er sich noch erinnert. Sind alle seine Erinnerungen zurückgekehrt?

Ich schalte das Licht in der Küche an. „Kann ich dir etwas zu trinken holen?"

Dmitri schüttelt den Kopf, seine Augen sind auf mich gerichtet, als er aufsteht und mir in die Küche folgt. „Nein, ich möchte nichts."

Kona begleitet uns, aber sie ist ruhiger und entspannter, seit sie Dmitri beschnüffelt hat und weiß, dass er hier willkommen ist.

„Geht es dir gut?", frage ich und trete auf ihn zu. Ich schwanke leicht, und er legt seine Hände auf meine Hüften, um mich zu stützen. Ich ziehe es vor, mir vorzustellen, dass er mich umarmt, dass er mich will, und dass er nicht nur ritterlich ist. Vielleicht hat er das Gefühl, dass er sich revanchieren muss, nachdem ich ihm geholfen habe. Oder will er etwa, eine Bleibe für die Nacht, weil er aus dem Hotelzimmer rausgeschmissen wurde.

Seine Stirn zieht sich zusammen, als er mir tief in die Augen schaut. „Wir sollten dich ins Bett bringen. Es ist schon lange nach deiner Schlafenszeit."

„Du weißt nicht, wann ich ins Bett gehe."

Er nickt. „Stimmt, aber du fällst schon von den Füßen. Es ist spät, und du benötigst Ruhe."

„Ich bin nicht betrunken", entgegne ich, entziehe mich seinem Griff und gehe aus der Küche.

Seine Hände umfassen meine Hüften von hinten. Er ist warm und stark und schmiegt sich an mich. „Du hast zu viel getrunken, *Malishka*."

Ich bleibe stehen und genieße das Gefühl seiner Arme, die sich um mich legen. „Was ist das?", murmle ich, neugierig auf den Namen.

„Führe mich in dein Schlafzimmer. Ich werde dich ins Bett bringen."

Ich zeige träge auf die Tür am Ende des Flurs und er begleitet mich ins Schlafzimmer. „Licht im Flur und in der Küche", sage ich.

„Bin schon dabei." Er löst seinen Griff und beeilt sich, die anderen Lichter auszuschalten, während ich ins Bett stolpere. Ich ziehe meine Schuhe aus, werfe sie auf den Boden und klettere unter die Decke. Das Bett ist weich, plüschig und perfekt, als mein Kopf das Kissen berührt.

Ich habe kein Gästezimmer. Das zweite Schlafzimmer ist Allies. Selbst wenn ich ein zweites Schlafzimmer hätte, würde ich nicht wollen, dass Dmitri dort schläft.

„Bleib", flüstere ich.

Der Raum liegt in absoluter Dunkelheit und ich kann Dmitri nicht sehen, falls er hier ist. Nach einem Moment muss er eintreten, denn seine Schritte sind kein bisschen leise.

„Bleib", wiederhole ich, falls er mich vorhin nicht gehört hat.

„Ich möchte mich nicht aufdrängen."

„Klettere einfach ins Bett."

„Herrisch", scherzt er, und ich höre, wie seine Schuhe auf den Boden fallen. Eine Minute später senkt sich das Bett und die Laken rascheln, als er es sich bequem macht.

Ich rolle mich auf die Seite und stoße mich an seinem Arm, während ich ihm zugewandt bin. Ich kämpfe darum, meine Augen offenzuhalten und wach zu bleiben.

Er liegt auf dem Rücken und ist völlig ruhig. Er ist ein viel besserer Gentleman, als ich es für möglich gehalten hätte. „Magst du Männer?", frage ich.

„Wie bitte?" Er verschluckt sich an seinen Worten.

„Du liegst neben mir im Bett und hast noch nicht versucht, mich zu begrapschen. Ich kann mir nicht helfen, aber ich denke, das liegt daran, dass du dich nicht zu mir hingezogen fühlst. Ziehst du es vor, in der Gesellschaft von Männern zu sein?"

Ein Lachen entweicht seiner Kehle, und das Bett senkt sich, als er sich auf die Seite rollt. Meine Augen haben sich an die Dunkelheit gewöhnt und ich kann seine Gesichtszüge erkennen, als er mich anstarrt. „Die Dinge, die ich mit dir machen will, sind wahrscheinlich in mindestens zehn Staaten illegal. Es ist spät, und du hast zu viel getrunken. Geh schlafen, *Malishka*."

Meine Wangen brennen von seinen Worten. „Ich kann nicht." Ich bin wacher, als ich sein sollte. Das liegt wahrscheinlich daran, dass Dmitri neben mir liegt.

Er zieht mich näher zu sich, fester. Ich kann seinen männlichen Duft riechen, der durch den Raum dringt und meine Sinne vernebelt.

Er ist alles, was ich will.

Alles, was ich brauche.

Eine Sehnsucht zieht mich zu ihm hin, ein Verlangen, das ich nicht länger leugnen kann. Meine Lippen prallen auf seine, und diesmal ist er da und rollt mich ohne Unterbrechung auf den Rücken.

Sein Körper liegt über meinem, verstrickt zwischen Laken und dünnen Stoffschleiern, die uns voneinander trennen.

Ich sehne mich nach seiner Berührung und danach, ihn über mir zu spüren. Meine Finger zerren an den Decken, schieben sie herunter und weg. Sanft streiche ich über die Haut seines unteren Rückens und schiebe seine Boxershorts nach unten und ziehe sie aus, während er seine Hüften für mich hebt.

Er hat kein Hemd an, und seine Brust ist nackt, warm und perfekt.

„Hebe deine Hüften an", befiehlt er, während er mein Höschen mit meiner Hose in einem Zug nach unten schiebt. Ich habe mir nicht die Mühe gemacht, einen Pyjama anzuziehen. Seine Hand streichelt meinen Körper hinauf, streift meinen Oberkörper und gleitet unter mein Hemd, wo er eine meiner Brüste berührt.

Dmitris Lippen fallen auf meine, er ernährt sich hungrig von mir, als wäre ich seine Lebenskraft. Wir verheddern uns und rollen uns. Die Laken wackeln, als ich ihn auf den Rücken drücke und die Führung übernehme. Ich spreize seinen Körper und ziehe mein Hemd über meinen Kopf.

Seine Augen strahlen mich an, während seine Finger den Verschluss meines lila Spitzen-BHs bearbeiten. Er drückt den Verschluss zu. Der Stoff fällt mir von den Schultern, und ich lasse ihn zusammen mit meinem Hemd auf den Boden purzeln.

Ich beuge mich vor und meine Lippen berühren seine. Jede Sekunde ist aufreizend und quälend, ich will ihn in mir spüren, während ich ihn reize. Mein Inneres pocht und pulsiert. Es ist eine genussvolle Qual.

Dmitri rollt uns gewaltsam herum und drückt mich unter seinem Gewicht zusammen. „Magst du es, mich zu necken?", fragt er mit einer Rauheit, die meine Zehen kribbeln und mein Inneres schmerzen lässt, weil ich mich nach mehr mit ihm sehne.

„Ja", gestehe ich und starre zu ihm auf. Er grinst, als er meine Arme packt, sie über meinem Kopf festhält und jeden Zentimeter von mir beherrscht. Ein Stöhnen entweicht meinen Lippen, und meine Hüften stemmen sich gegen seine.

„Ich wette, du willst meinen Schwanz in deiner kleinen, engen Muschi spüren."

„Ja, bitte." Ich bettle nicht zu sehr. Mein Inneres pocht und meine Finger zittern, als ich seine Hände umklammere.

Im Gegenzug reizt er mich, indem er die Spitze seines Schwanzes in meine Muschi schiebt. „Das gefällt dir, kleines Mädchen, nicht wahr?"

Seine Worte sind mein Verderben. Ich hebe meine Hüften und will, dass er seinen Schwanz in mich stößt. „Dmitri", krächze ich. Er fesselt meine Hände, und seine Finger verschränken sich mit meinen. Es kostet mich zu viel Energie, etwas anderes zu sagen. Er ist der Einzige, der das brennende Verlangen in mir stillen kann.

Ich stöhne und schlinge meine Beine um ihn, um ihn tiefer in mich hineinzuziehen. Seine Lippen bedecken meine, und ich schiebe meine Zunge in seinen Mund. Ich bin gierig und hungrig nach ihm.

Jeder Stoß wird intensiver.

Ursprünglich.

Er setzt meine Welt in Brand.

Mein Herz hämmert schnell gegen meine Brust, schlägt gegen meinen Brustkorb und versucht, sich zu befreien. „Komm für mich, *Malishka*", flüstert er mir ins Ohr und nimmt das Ohrläppchen zwischen die Zähne, während ich am Rande des Vergessens taumle.

Seine Worte reichen aus, um mich wie eine Achterbahn mit voller Geschwindigkeit hinunterzustürzen, der Adrenalinstoß und die Erregung kribbeln in jedem Zentimeter meines Körpers. Mein Inneres krampft sich zusammen, pulsiert und zittert, während ich meinem Orgasmus hinterherjage, und ihn fest an mich drücke.

VIER

DMITRI

Die Dunkelheit hat sich noch nicht in Tageslicht verwandelt. Sadie schläft tief und fest, ebenso wie Kona, wofür ich dankbar bin. Ich will nicht, dass das Biest wach wird.

Nach ein paar Minuten Schlummer schleiche ich mich aus dem Bett und ziehe meine Boxershorts und mein T-Shirt an. Ich stolpere durch die Dunkelheit und passe auf, dass ich nicht über etwas stolpere oder über Kona stolpere, als sie ins Schlafzimmer kommt.

Es scheint, als hätte ich sie geweckt, aber zumindest winselt sie nicht, um herauszugehen oder Sadie zu wecken. Zufrieden damit, dass ich nicht hier bin, um sie zu unterhalten, lässt sie sich auf dem Boden neben dem Bett nieder und schläft ein.

Leise schleiche ich mich aus dem Schlafzimmer, schließe die Tür und achte darauf, kein Geräusch zu machen. Ich weiß nicht, ob Sadie einen leichten Schlaf hat oder nicht, aber ich habe nicht vor, es herauszufinden.

Als die Tür geschlossen ist, schalte ich eine Tischlampe ein und schaue mich in der Wohnung um. Sie ist klein und beschaulich. Alles ist relativ sauber und aufgeräumt.

Sie hatte *Bearded Bad Boy* erwähnt, mein Markenzeichen in der VR-Welt. Sie muss ein Headset in ihrer Wohnung herumliegen haben.

Ich habe in der VR-Welt mit Dutzenden von Mitarbeitern und kleinen Ganoven gesprochen, aber niemand, mit dem ich Geschäfte gemacht habe, war weiblich. Das wirft die Frage auf: Wer zum Teufel ist Sadie? Und wie kam es, dass sie bei einem Lauf im Wald über mich stolperte?

Ich glaube nicht an Zufälle.

Wenn Sadie für Mikhail arbeiten würde, wäre ich schon tot. Aber vielleicht wurde ihr befohlen, mich genau im Auge zu behalten. Und wenn das der Fall ist, wer hat sie dann angeheuert?

Ich zucke zusammen, denn das ergibt alles keinen Sinn. Mikhail heuert keine Frauen an, um seine Befehle auszuführen. Sie sind zu weich, verletzlich und unzuverlässig.

Ich berühre die Narbe auf meinem Kopf und ziehe eine Grimasse. Sie tut nicht mehr weh, nur der Verrat brennt noch in mir.

Meine Familie, die Bratva, hat mich verraten.

War es Nikita gewesen, der meinen Tod wollte? Mikhail? Oder waren es Anton und Savannah, die mich erschossen und zum Sterben zurückgelassen hatten? Ganz zu schweigen von den unzähligen Feinden, die ich mir als Mitglied der Bratva gemacht habe.

Ich durchstöbere leise ihre Wohnung und schaue mich in dem kleinen Raum um, bis ich bemerke, dass neben dem Fernseher ein VR-Headset eingesteckt ist. Ich setze das Headset auf und schaue mir mit den Controllern die Einstellungen an, wobei ich den Kontonamen des Benutzers finde, der gerade im System angemeldet ist. Ich erkenne den Benutzernamen nicht: *AllieInWonderland*.

Ich habe mich nie mit *AllieInWonderland* unterhalten oder mit ihr gespielt.

Woher zum Teufel weiß sie, wer ich bin?

Es ist unmöglich, allein anhand ihres Benutzernamens zu sagen, wie neu ihr Konto ist. Sie hat eine Handvoll Spiele heruntergeladen. Das Letzte, das sie gespielt hat, ist Orc Hunter.

Ich klicke auf die App, öffne das Programm und drehe die Lautstärke herunter, um sie und Kona nicht zu wecken.

Ich schaue mir ihre Spieleinstellungen an. Sie ist auf Level zwölf.

Amateurin.

Vielleicht ist es ein neues Headset. Aber warum sollte ich mir auch einen neuen Account zulegen?

Ich melde mich von ihrem Konto ab und lade meins. Mikhail hat mich dazu gebracht, das VR-System zu benutzen, da es ein völlig unauffindbares Chat-Interface ist.

Mikhail kannte meinen Benutzernamen nicht. Das war auch nicht nötig, denn ich war mit der Betreuung der Mitarbeiter beauftragt. Ich logge mich in das Konto ein. Es ist noch ziemlich früh, um mich anzumelden. Vor ein paar Monaten hätte ich noch bis zur Schließung im Club gearbeitet. Für mich fühlt es sich an, als wäre es erst ein paar Tage her.

Es muss sich bis zu den Mitarbeitern herumgesprochen haben; sie sollten annehmen, dass ich tot bin. Wie werden sie damit umgehen, einen Geist zu sehen?

Im Internet erkenne ich niemanden, und das macht meine Situation nicht besser. Ich benötige Geld und eine Waffe zum Schutz. Ich melde mich über das Headset ab, damit Sadie nicht erfährt, wer ich bin, obwohl es scheint, als hätte sie mich bereits durchschaut.

Ich kann nicht sagen, wie. Es ist, als würde sie mich kennen, ohne etwas über mich zu wissen.

Es gab eine Frau, mit der ich mich online unterhielt, und sie hatte nicht einmal einen eigenen Account. Sie benutzte fast einen Monat lang den ihrer Nichte.

Könnte *sie* es sein?

Ich habe ihren Namen nie erfahren. Nur, dass sie in New York wohnt, was die Sache nicht weiter einschränkt. Sie klang heiß über das Mikrofon, aber ich konnte keinen Blick auf sie werfen.

Ich lege das Headset zurück, wo ich es gefunden habe, und schließe das Kabel wieder an, damit es nicht so aussieht, als hätte man sich daran zu schaffen gemacht. Wenn ich Glück habe, denkt sie, dass es sich nur um einen Fehler bei einem Update handelt.

Ihre Schlüssel liegen verlassen neben der Tür, zusammen mit ihrer Handtasche.

Ich stehe auf und gehe auf die Tür zu, als sie auf geht.

Ein junges Mädchen, gerade mal 1,50 m groß, starrt mich an. „Bist du der Freund meiner Mutter?", fragt sie.

„Der Freund deiner Mutter?" Ich wiederhole es verblüfft. Sadie hat nicht erwähnt, dass sie ein Kind hat. „Ja, ich wollte gerade gehen."

Sie grinst und kaut auf ihrer Unterlippe. Ich schwöre dir, ich habe bei Sadie genau das Gleiche gesehen. „Du musst nicht meinetwegen gehen." Sie schließt die Tür hinter sich und legt ihre Handtasche neben Sadies ab. „Mama hat dich nie erwähnt." Die Kleine schaut zu mir rüber und grinst breit.

Ich fahre mir mit einer Hand durch die Haare. „Ich sollte gehen", sage ich. Ich bin nicht besonders gut im Lügen, aber ich will weder die Zukunft dieses jungen Mädchens noch die ihrer Mutter ruinieren. Die Scheiße, in die ich verwickelt bin, ist zu gefährlich für sie.

„Übrigens, ich bin Allie." Sie hält mir ihre Hand hin. Das Mädchen hat mehr Manieren als die meisten Männer, die doppelt so alt sind wie sie.

„Freut mich, dich kennenzulernen, Allie. Ich bin Dmitri."

„Wie lange bist du schon mit meiner Mutter zusammen?", fragt Allie.

Ich werde auf keinen Fall auf ihre Frage antworten und auch nicht auf die anderen, die sie mir stellen wird. „Es ist schon spät. Solltest du nicht schon im Bett sein?" Ich kann mir nicht vorstellen, dass das Mädchen alt genug ist, um Auto zu fahren. Wie zum Teufel ist sie nach Hause gekommen?

„Ich kann nicht schlafen", sagt Allie und lässt sich auf das Sofa plumpsen. Das Mädchen ist hellwach und hat strahlend blaue Augen. „Außerdem war meine Freundin eine totale Niete, TBH."

„TBH?"

„To be honest", sagt Allie. „Sie ist ein Emo und ich kann sie nicht ausstehen." Die Brünette rollt mit ihren hellblauen Augen und zieht die Knie auf der Couch an. „Bist du der Grund, warum Mom mich zu diesem Versager geschickt hat? Wollte sie ihren heimlichen Freund sehen?"

Allie wird mich hassen. Zweifellos wird sie nichts mehr mit mir zu tun haben wollen, wenn sie erfährt, dass ihre Mutter gefeuert wurde und ich der Grund dafür bin. Das ist das Beste. Ich sollte Sadie und Allie in Ruhe lassen.

„Wir sind uns nur zufällig über den Weg gelaufen. Wir haben für heute Abend nichts geplant", sage ich.

Ihre Augen verengen sich und sie nickt langsam, als würde sie mir zwar zuhören, aber kein Wort glauben, das von meinen Lippen kommt.

Da ist sie nicht die Einzige.

Dieser Freundesmist ist zu viel, selbst für mich. Ich habe keine Freundinnen. Ich habe keine Beziehungen. Ich halte mich von allem fern, was mit Händchenhalten und Dates zu tun hat.

Ich bevorzuge einen guten Fick um danach nach Hause zu gehen. Das wollte ich gerade mit Sadie machen, als Allie durch die Vordertür hereinplatzte.

Ich räuspere mich. „Es war schön, dich kennenzulernen, Allie." Ich greife nach der Türklinke und reiße sie auf.

„Du willst wirklich gehen? Das ist eine blöde Idee."

Ich bezweifle, dass ihre Mutter mit dieser Art von Sprache einverstanden wäre. „Du solltest ins Bett gehen", sage ich.

„Du bist nicht mein Vater."

Da, hat sie recht. Ich bin nicht ihr Vater. Ich bin nicht einmal mit Sadie zusammen. Wir haben nur miteinander geschlafen und ich wollte mich gerade davonschleichen, als ich von dem blauäugigen Teenager erwischt wurde, der tausend und eine Frage stellt.

Das nächste Mal ficke ich das Mädchen in einem Hotel oder in ihrem Auto. Ich kann mit dieser Sache nichts anfangen.

„Gute Nacht, Allie", sage ich und gehe zur Haustür hinaus.

Das war vielleicht unangenehm, aber wenigstens kam nicht ihr Mann durch die Haustür. Ich war schon einmal mit einer Frau im Bett und das war keine lustige Nacht. Das ist eine Erinnerung, die ich gerne verdrängen würde.

Ich mache mich auf den Weg zur U-Bahn. Ich muss an das anderen Ende der Stadt in der Nähe der Bar sein. Ich will sehen, ob Nikita arbeitet.

Ich muss sehen, ob er noch am Leben ist.

Ich habe noch ein paar Dollar, die ich in der letzten Nacht erbeutet habe. Ich hatte mich nach Einbruch der Dunkelheit aus dem Hotel geschlichen, ein paar Geldbörsen von ahnungslosen Touristen geklaut und war dann in mein Zimmer zurückgekehrt. Dadurch hatte ich ausreichend Geld für die U-Bahn, Essen und andere Dinge, bis ich weiß, was ich als Nächstes tun werde.

Die Geldbörsen habe ich in den Müll geworfen, inklusive der Kreditkarten. Hätte ich gewusst, dass das Arschloch vorhatte, mich aus dem kostenlosen Hotelzimmer rauszuschmeißen, hätte ich eine der gestohlenen Kreditkarten benutzt, um eine neue Buchung vorzunehmen.

Es ist dunkel, und die Straßen sind leer. Die Züge fahren die ganze Nacht, und ich gehe zum Bahnhof, der ihrer Wohnung am nächsten liegt. Der Zug kommt gerade an, als ich mich dem Bahnsteig nähere. Ich habe keinen großen Plan. Ich arbeite eher nach meinem Instinkt.

Ich behalte die Zeit im Auge und achte darauf, dass ich vor Ladenschluss ankomme. Ich will nicht, dass Nikita oder jemand anderes, der für die Bratva arbeitet, mich sieht.

Nach der kurzen U-Bahn-Fahrt laufe ich einige Blocks zum Club und verstecke mich in dem dunklen Schatten der Nacht. Ich beobachte von draußen, den Hintereingang, durch den Nikita immer geht. Vielleicht ist er zu Hause bei Lucy und ihrer Sohn Zion. Es ist aber möglich, dass er bis zur Schließung drinnen ist, vor allem, weil Anton und ich zwei Mitarbeiter weniger sind.

Haben sie Ersatz für uns eingestellt? Sind wir für Mikhail überflüssig?

Es ist fast zwei Uhr morgens, der Club schließt, die Gäste gehen und der Parkplatz ist bis auf den SUV der Bratva leer.

Nikita oder ein anderer von Mikhails Männern könnte ihn fahren. Viele von uns haben Zugang zu den Fahrzeugen, die auf sein illegales Unternehmen zugelassen sind.

Ich verstecke mich und bleibe außer Sichtweite, als die letzte Person den Club verlässt. Er trägt einen knackigen Anzug und hält die Schlüssel in der Hand, als er die Tür abschließt.

Nikita Ivanov.

Einer meiner Brüder. Ich weiß nicht mehr, wie wir zueinander stehen. Zum Teufel, ich werde für tot gehalten. Hat denn niemand daran gedacht, im Krankenhaus nachzusehen? Ich finde, die ganze Angelegenheit beunruhigend.

Meine Hände ballen sich zu Fäusten, als ich über den leeren Parkplatz gehe und die Fahrertür des SUVs blockiere.

„Bist du es wirklich?" Nikita lacht und hustet, seine Überraschung ist deutlich zu hören. Aber ich kann nicht sagen, ob er mich tot sehen will und ich ihn enttäuscht habe oder ob er wirklich schockiert ist, dass ich vor ihm stehe.

„Nein, ich bin ein Geist", sage ich.

Er grinst schief und streckt einen Arm aus, um mich zu umarmen. „Ich dachte, du wärst tot, Mann." Nikita tritt einen Schritt zurück und rauft sich die Haare. Er ist nervös. Ich bin schon lange genug in seiner Nähe, um seine Ticks zu erkennen. Was hat er zu verbergen?

„Ja, ich wette, das hast du." Ich atme schwer aus. Ich schaue ihn an. Er sieht nicht schlecht aus, aber ich weiß nicht, was er seit dem Nachmittag, als ich angeschossen wurde, durchgemacht hat.

Meine Erinnerung an diesen Tag ist neblig, aber alles, was davor geschah, ist klar und deutlich. „Was zum Teufel ist mit Anton und Savannah passiert?"

Er fährt sich wieder mit der Hand durch die Haare. Sein Anzug, der aus der Ferne perfekt aussieht, hat aus der Nähe ein paar Falten. Es ist spät, und seine Augen sind müde. Es ist offensichtlich, dass er müde ist und dass ich ihn überrumpelt habe.

Das ist gut. Ich ziehe es vor, einen Vorteil zu haben, der nicht lange andauern wird. Wenn er zum Gelände zurückkehrt, wird er Mikhail alarmieren, dass ich noch lebe.

„Scheiße, das war vor sechs Wochen?" Er schlurft mit den Füßen. Zwischen uns herrscht eine Schwere, die über uns schwebt. „Anton hat auf dich und dann auf mich geschossen."

„Das ist eine nette Geschichte", sage ich, ohne ihm zu glauben. „Warum zum Teufel sollte er dich erschießen und mich dann zum Sterben im Wald zurücklassen?"

„Er wollte mich als Geisel nehmen. Ich war noch am Leben", sagt Nikita. Seine Stimme ist fest und unerschütterlich, während er mir in die Augen schaut.

„Das Neueste: Ich auch."

„Das habe ich bemerkt", sagt Nikita. Sein Kiefer zuckt. „Wo zum Teufel hast du gesteckt?"

FÜNF

SADIE

Das Bett ist kalt und leer. Hat Dmitri beschlossen, letzte Nacht zu verschwinden, jetzt, wo er sich an die Vergangenheit erinnert?

Ist er verheiratet?

Verlobt?

Ich hätte fragen sollen, bevor ich mit ihm ins Bett gegangen bin. Aber verdammt, es war gut. Es ist lange her, dass ein Mann meinen Körper so verehrt hat, wie Dmitri es tat. Zu lange.

„Mama?" Allie klopft prompt, aber sie stürmt nicht wie sonst durch meine Tür.

„Nur eine Sekunde!" Ich beeile mich, einen Schlafanzug aus der Kommode zu holen und ihn in Rekordgeschwindigkeit anzuziehen. Die Schlafzimmertür ist nicht verschlossen, aber sie wartet geduldig. Mehr als sonst. Warum ist das so?

Als ich angezogen bin, schleiche ich mich zur Tür und reiße sie auf. „Du bist früh zu Hause."

Ein wissendes Grinsen umspielt ihre Lippen. „Ich habe deinen Freund getroffen."

„Was?" Ich huste und räuspere mich, meine Augen sind groß.

Verdammt!

„Ist Dmitri gerade gegangen?", frage ich und dränge mich an ihr vorbei in die Küche. Ich brauche Kaffee.

„Der heiße Russe mit dem mörderischen Körper? Er ist gestern Abend gegangen."

„Gestern Abend", wiederhole ich verwirrt. „Du bist gestern Abend nach Hause gekommen? Was ist mit deiner Freundin passiert?" frage ich und lenke das Gespräch von Dmitri ab. Er ist nicht mein Freund. Ich will nicht, dass Allie auf verrückte Ideen kommt.

„Wir haben uns gestritten, weil sie sich wie ein Idiot benommen hat. Sie wollte sich hinausschleichen und ihren Freund besuchen, und hat darauf bestanden, dass ich sie decken soll. Sie ließ mich auf ihre beiden Geschwister aufpassen."

„Das ist nicht sehr nett von ihr."

„Mach dir keine Sorgen, Mom. Ich habe sie sofort verpfiffen, als sie weg war. Ich habe ihre Mutter angerufen, und sie ist nach Hause gekommen. Sie hat wahrscheinlich für den Rest ihres Lebens Hausarrest!" Sie reckt ihre Faust zum Zeichen des Sieges in die Luft.

„Warum war ihre Mutter nicht zu Hause?", frage ich.

„Heißes Date?" Allie zuckt mit den Schultern. „Dein Date ist gut gelaufen. Wie lange bist du schon mit Dmitri zusammen?"

„Nein, ich meine, wir sind nur Freunde." Ich will nicht, dass meine Tochter denkt, dass ich mit Männern schlafe, die ich kaum kenne. Was zwischen Dmitri und mir passiert ist, war nicht typisch für mich.

Ich mache keine One-Night-Stands.

Ich habe immer darauf bestanden, dass Allie an erster Stelle steht. Das bedeutet, dass Verabredungen auf die lange Bank geschoben wurden. In ein paar Jahren wird sie aufs College gehen, und ich muss mir keine Sorgen mehr um sie machen.

„Genau, Freunde mit Zusatzleistungen", kichert sie.

„Allie!", warne ich sie. „Das reicht jetzt."

„Tut es nicht, Mom. Du hast mir deinen Freund vorenthalten."

Ich schaue sie böse an.

„Gut, dein Freund. Wann kann ich ihn richtig kennenlernen? Zum Beispiel beim Abendessen?"

Das Mädchen ist hartnäckig. Das kommt hundertprozentig von meinen Genen. Ich habe nur mich selbst für ihre Sturheit verantwortlich gemacht.

„Ich werde sehen, ob er am Wochenende Zeit hat." Bei dem Gedanken, mit Dmitri und meiner Tochter auszugehen, dreht sich mir der Magen um. Ich bin noch nicht bereit dafür, aber ihr zu sagen, dass ich mit einem Mann geschlafen habe, den ich kaum kenne, ist noch schlimmer.

Ich kann ein Fake-Date durchziehen, wenn Dmitri mitmacht. So wie ich das sehe, schuldet er mir etwas dafür, dass ich ihm geholfen habe, und ich habe deswegen meinen Job verloren.

Nicht, dass ich ihm die Schuld gebe, das tue ich nicht. Es war allein meine Entscheidung, aber das Mindeste, was er tun kann, ist zu helfen.

Aber wie soll ich Dmitri erreichen? Ich weiß nicht, wo er wohnt, lebt oder arbeitet. Er hat weder ein Handy noch eine Brieftasche. Allerdings hat er es geschafft, sein Fahrgeld für die U-Bahn zu bezahlen.

Im ersten Moment habe ich mir nichts dabei gedacht, aber jetzt bin ich noch verwirrter.

„Kann ich heute Nachmittag mit Brooke ins Einkaufszentrum gehen?", fragt Allie.

„Ja", sage ich, greife nach meiner Handtasche und fische einen Zwanziger heraus. „Gib nicht alles auf einmal aus."

Sie rollt mit den Augen. „Das reicht kaum für ein Mittagessen."

„Gern geschehen."

———————

Nachdem ich mich um meine freche Tochter gekümmert habe, ziehe ich mir Laufkleidung und Schuhe an und gehe zur Tür hinaus.

Dmitri steht unten an der Verandatreppe. „Wie lange bist du schon hier draußen?", frage ich ihn.

Er nippt an seinem Kaffee, sein Blick ist leer. „Eine Weile. Ich hätte dir ja einen Kaffee gekauft, aber ich habe nicht mit dir gerechnet."

„Wartest du auf ein anderes heißes Date?", scherze ich.

Er zieht die Stirn in Falten. „Nein." Er schlurft mit den Füßen, aber seine Augen bleiben an meinen haften. „Du hast nicht erwähnt, dass du eine Tochter hast."

„Das ist auch nicht zur Sprache gekommen", sage ich. „Wir sind nicht zusammen."

Er trinkt seinen Kaffee aus und wirft den Becher daneben in den Mülleimer.

„Ich gehe joggen." Ich zeige in die Richtung, in die ich gehen will. „Du kannst mich begleiten, wenn du Lust hast. Ich kann nicht versprechen, dass du mit mir mithalten kannst."

„Das hört sich nach einer Herausforderung an", knurrt er.

Ich beginne mit einem langsamen Tempo, um mich aufzuwärmen, und Dmitri ist neben mir. „Hübsches Kind. Alleinerziehend?", fragt er.

„Ja, ihr leiblicher Vater ist nicht auf dem Bild." Ich werfe ihm einen Blick zu, bevor ich meine Aufmerksamkeit wieder auf den Bürgersteig richte und mich auf den Weg zum nächsten Park mache, der etwas mehr als zwei Meilen entfernt ist. „Was ist mit dir? Hast du Kinder oder eine Frau, von der ich wissen sollte?" frage ich.

Ich bin überrascht, dass er auf meine Veranda und in meine Wohnung zurückgekehrt ist, nachdem er sein Gedächtnis wiedererlangt hat. Warum ist er nicht nach Hause gegangen?

„Ich bin Single", sagt Dmitri und lächelt mich an. „Normalerweise binde ich mich nicht."

Ich lache leise vor mich hin. „Bei dir klingt das so, als ob Bindung etwas Schlechtes wäre."

„Das ist einfach nichts für mich", sagt Dmitri und stellt seinen Standpunkt klar.

„Mach dir keine Sorgen. Ich hatte nicht vor, dir einen Antrag zu machen. Es war nur eine Nacht", sage ich. Eine fabelhafte, weltbewegende Nacht, aber ich kann damit umgehen, wieder zölibatär zu sein. Es ist ja nicht so, als hätte ich in den letzten Jahren nicht reichlich Übung darin gehabt.

Er joggt im Gleichschritt neben mir her, unsere Füße schlagen im Gleichklang auf dem Bürgersteig auf. „Wo warst du letzte Nacht?", frage ich ihn. Es geht mich zwar nichts an, aber ich frage trotzdem, weil ich wissen will, wohin er verschwunden ist. Wenn er nach Hause gegangen ist, hat er sich nicht umgezogen.

„Ich habe früher in einem Nachtclub gearbeitet. Ich bin zurückgegangen, um zu sehen, ob einer meiner Kollegen etwas über die Schießerei weiß."

„Und?"

„Nichts", sagt Dmitri.

Es liegt eine Schwere in der Luft und obwohl ich ihn nicht sehr gut kenne, frage ich mich, ob er mich anlügt. Aber warum sollte er lügen? Was würde er davon haben?

„Bist du nach Hause gegangen?"

„Bin ich nicht", sagt er, aber er geht nicht weiter darauf ein. Er joggt schneller. Es ist eher ein Sprint, während ich versuche, ihn einzuholen.

Wenn er nicht darüber reden will, werde ich das Thema erst einmal ruhen lassen. Aber er kann nicht wieder bei mir bleiben, nicht mit Allie im Nebenzimmer.

„Also, du musst mir einen Gefallen tun", sage ich und sehe ihn an.

„Es geht los", murmelt er. Ich jogge in den Park; die Bäume überdachen den Weg, was viel angenehmer ist als die Sonne, die auf uns niederprasselt.

„Allie, meine Tochter, hat noch nie einen meiner Freunde getroffen." Ich lasse den Teil weg, in dem ich sage, dass ich seit ihrer Geburt keine Freunde, keine Beziehung und keine Eroberungen mit Männern hatte. Es ist zu peinlich, um darüber zu sprechen. Er wird wahrscheinlich denken, ich hätte Nonne werden sollen.

„Warum ist das so?", fragt Dmitri.

„Ich will keine Männer im Haus vorführen und sie in ihr Leben bringen, wenn sie nicht bleiben."

„Na gut." Er verlangsamt seinen Schritt, und ich tue dasselbe, um neben ihm zu bleiben. „Was ist die Frage?"

„Ihr habt euch gestern Abend getroffen und sie denkt, du wärst mein Freund. Ich konnte ihr nichts anderes sagen."

„Weil du nicht willst, dass sie wenig von dir hält?" vermutet Dmitri.

„Ich will nicht, dass sie denkt, dass Gelegenheitssex okay ist. Sie ist dreizehn, jung und beeinflussbar. Sie wollte meinen Freund kennenlernen und sich mit uns verabreden."

„Freund?" Seine Stimme bleibt ihm im Halse stecken.

„Ich weiß, das ist eine große Bitte. Sie denkt, dass wir zusammen sind, und ich möchte sie nicht verwirren, aber wenn es für dich zu viel ist, kann ich ihr sagen, dass wir Schluss gemacht haben—"

„Nein, ich mache das schon", sagt Dmitri und unterbricht mich, bevor ich weiterreden kann.

„Bist du sicher?"

„Du hast mein Leben gerettet. Das ist das Mindeste, was ich tun kann. Was hast du ihr über uns erzählt?" Dmitri wird langsamer, und ich tue dasselbe.

Vielleicht sollte er nicht mehrere Kilometer laufen. Er lag gerade im Koma. „Nicht weit von hier gibt es eine Bank. Wir können uns dort eine Weile hinsetzen, wenn du willst."

„Klingt gut."

Wir gehen auf die Bank zu und ich stoße ihn beim gehen ungewollt an. „Ich habe Allie noch nicht viel erzählt, obwohl sie sicher fragen wird, wie wir uns kennengelernt haben und wie lange wir uns schon kennen."

Seine Hand liegt auf meinen unteren Rücken und ich atme scharf ein, weil ich mich an seinen Körper erinnere, der sich letzte Nacht mit meinem verschränkt hat.

„Wie wäre es, wenn wir mit der Wahrheit beginnen?"

Sein Vorschlag macht Sinn, aber ich will nicht, dass Allie denkt, ich hätte einen Typen mit nach Hause gebracht, den ich kaum kenne.

„Es ist nicht gut wenn sie hört, dass ich dich mit einer Schusswunde am Kopf gefunden habe", sage ich. Allie ist zäh und stark, aber ich will sie nicht beunruhigen. „Wie wäre es mit einem Kompromiss? Ich sage ihr, dass ich dich im Ferienlager kennengelernt habe. Und wenn sie uns während des Dates fragt, kannst du sie alles über das Camp fragen und das Gespräch auf sie lenken."

Seine Lippenwinkel kräuseln sich nach oben. „Ich wette, du hast das schon mal gemacht."

Denkt er, dass ich schon mit vielen Männern geschlafen habe und sie vor meiner Tochter verstecken musste? „Nein, das ist das erste Mal." Ich gehe nicht näher darauf ein. Es ist schon peinlich genug, daran zu denken. Ich will nicht, dass er sich als Nächstes über mich lustig macht.

Er nimmt auf der Holzbank Platz, und ich setze mich neben ihn. Ich vermisse schon jetzt die Wärme seiner Berührung auf meinem Rücken. Ich verzichte darauf, näherzurücken und mich an ihn zu lehnen. Wir sind kein Paar.

Er tut mir diesen Gefallen, um mir zu helfen, weil ich sein Leben gerettet habe.

„Entspann dich, das wird schon", sagt Dmitri.

„Hattest du schon mal mit Teenagern zu tun?"

Er räuspert sich. „Nicht wirklich, aber ich bin sicher, dass ich mit allen Fragen umgehen kann, die deine Tochter uns stellt."

Dmitri weiß nicht, worauf er sich einlässt, wenn es um Allie geht. „Okay, gut", sage ich und zwinge mich zu einem Lächeln.

Er streckt seine Arme aus und stützt sie an der Lehne der Bank ab. Er ist still und grübelt und ich frage mich, was ihm durch den Kopf geht.

Die Stille kitzelt mich wie eine kühle Brise. Dmitris Finger streichen über meine Schulter und dann über mein Haar. Seine Augen studieren mich, während ich auf die Bäume vor mir schaue, auf den Wald, auf alles, nur nicht auf seinen festen Blick.

Es ist zu viel, seinen Blick zu erwidern. Er ist zu intensiv, und ich bin nicht bereit dafür. Das ist alles nur gespielt, aber ich möchte nicht zugeben, dass ich die letzte Nacht sehr genossen habe.

Ich lehne mich zurück, seine Finger sind stark, warm und sein Griff dominant, als er näher kommt und mein Haar mit einer Handbewegung nach oben zieht, um mein Gesicht seinem Blick zuzuwenden.

„Wann warst du vor letzter Nacht das letzte Mal mit einem Mann zusammen?", fragt Dmitri.

Ich atme scharf ein. „War es so offensichtlich?" Ich keuche. Die Luft ist heiß und stickig und ich würde mich am liebsten im nächsten Wasserbecken ertränken. Zur Hölle, selbst eine Pfütze würde ausreichen.

„Antworte mir, *Malishka*." Sein Blick ist fest und unerschütterlich, als er mich anschaut und auf meine Antwort wartet.

„Es ist schon eine Weile her", flüstere ich. Ich will mich nicht dafür schämen, dass ich meine Tochter an erste Stelle gesetzt habe, aber er wird mich für verrückt halten, wenn ich zugebe, wie lang es her ist.

Zu lange ist eine bessere Antwort. Sie ist vage und mehr als zutreffend.

„Monate?", fragt er mit tiefer und rauer Stimme.

Ich bewege mich leicht, aber es ist eher so, dass ich mich unter seiner Beobachtung winde, während er meinen Kopf festhält. Er übernimmt die Kontrolle, verlangt sie und ich kann mich nicht erinnern, dass jemals ein Mann, mit dem ich geschlafen habe, so gehandelt hätte.

Ich wage zu behaupten, dass es heiß und höchst erregend ist. Vielleicht liegt es aber auch nur daran, dass er die schlafende Bestie in mir entfesselt hat.

„Länger?", fragt er.

Die Frage lässt ihn nicht mehr los.

„Ja, aber das ist keine große Sache. Ich habe meinen Fokus und meine Priorität auf meine Tochter gelegt.

„Letzte Nacht war es anders." Dmitri macht mir keine Vorwürfe. Er weist nur auf die Fakten hin. Sein Griff um mich lockert sich, als er mit meinem Haar spielt. Die Geste beruhigt mein rasendes Herz.

„Letzte Nacht sollte sie nicht zu Hause sein. Ich habe sie bei einer Freundin übernachten lassen, aber das war mein Fehler." Meine Wangen brennen, wenn ich nur daran denke, wie es gewesen sein muss, als Dmitri Allie kennengelernt hat. „War es unangenehm?"

„Was?"

„Ihr über den Weg zu laufen." Ich hatte ihn nicht gewarnt, dass ich eine Tochter habe, weil ich nicht dachte, dass er sie jemals kennenlernen würde. Mit ihm zu schlafen war nicht Teil des Plans, und ich neige dazu, übermäßig organisiert zu sein.

Dmitris Lippen sind nach oben gebogen. „Es war eine Überraschung, aber ich denke, ich habe es gut hin bekommen, denn sie denkt, wir sind zusammen."

SECHS

DMITRI

Ich überrede Sadie, mich das Restaurant aussuchen zu lassen, zu reservieren und die Mädchen für ein Abendessen am Samstagabend abzuholen. Ich bin mir nicht sicher, warum ich nervös bin. Es ist ja kein richtiges Date. Wir sind nur Freunde.

Meine Gefühle für sie können nicht echt sein.

Sie hat mich gerettet und ich bin mir sicher, dass die Gefühle, die ich empfinde, mit der Tatsache vermischt sind, dass sie ein guter Mensch ist. Sadie versuchte, mir eine Unterkunft, Essen und Kleidung zu geben und hätte wahrscheinlich noch mehr getan, wenn sie nicht gefeuert worden wäre.

Es war anfangs schwierig, sie anzulügen und so zu tun, als wüsste ich nicht, wer ich bin. Ich lüge immer noch und habe Geheimnisse. Sie darf nicht wissen, dass ich Bratva bin, nun ja, ich war früher Bratva. Ich bin mir nicht mehr sicher, was ich bin, aber ich kann die russische Verbrecherorganisation nicht verlassen. Es ist ein lebenslanger Fluch, auf Gedeih und Verderb.

Und ich sehe keine andere Wahl, als mich hinter ihren Geschäften zu verstecken . Wenn Mikhail für meinen angeblichen Tod verantwortlich wäre, würde er bei der ersten Gelegenheit einen Anschlag auf mich verüben.

Der Club öffnet in ein paar Stunden, aber jetzt, wo Anton nicht mehr da ist, kümmert sich zweifellos jemand anderes um die Bücher. Wohin sind er und Savannah verschwunden?

„Ich bin überrascht, dich so schnell wiederzusehen", sagt Nikita, als ich den Club betrete.

Die Mädchen sind noch nicht hereingekommen. Es ist noch zu früh für sie, um sich fertig zu machen. Der Laden ist leer, bis auf eine Handvoll Mitarbeiter im Keller, die das Geld zählen, das im Club gewaschen wird.

„Ist mein Job noch zu haben?"

„Natürlich", sagt Nikita und runzelt die Stirn. „Warum sollte er nicht?"

„Es ist schon eine Weile her, als ich zuletzt hier war."

„Ein Koma kann einem das antun", sagt Nikita. Er nickt mir zu, dass ich ihm in sein Büro folgen soll. Er schließt die Tür hinter uns, damit wir ungestört sind. „Wann kommst du zurück auf das Gelände?"

„Heute Abend." Ich kann nicht wieder bei Sadie bleiben. Wenn ich in ihrer Nähe bin, sind ihr Leben und das ihrer Tochter in Gefahr. Ich hätte nicht versprechen sollen, sie am Samstagabend auszuführen, aber ich kann sie auch nicht enttäuschen.

„Gut. Wir haben dich vermisst, Bruder."

„Hör zu, ich weiß nicht, wie schnell du möchtest, dass ich wieder in den Club komme, aber ich brauche Samstag frei."

Nikita verschränkt die Arme vor der Brust. „Das ist eine unserer geschäftigsten Nächte." Er wartet darauf, dass ich etwas dazu sage.

„Ich würde nicht fragen, wenn es nicht unbedingt nötig wäre."

„Willst du mich einfach so stehen lassen?", fragt Nikita und will wissen, warum ich freihaben muss. Das ist eine ungewöhnliche Bitte. Wir haben keine Geheimnisse, aber ich bin nicht bereit, ihm von Sadie zu erzählen. Außerdem ist ja nichts los.

„Anscheinend", sage ich mit einem schiefen Grinsen. „Betrachte es als Gefallen dafür, dass ich angeschossen und zum Sterben zurückgelassen wurde."

Er lächelt und schüttelt den Kopf. „Lustig. Ich werde dafür sorgen, dass du am Samstag freihast, aber mach das nicht zur Gewohnheit."

————

Nachdem ich die Bar verlassen habe, bleibt mir keine andere Wahl, als mich der Vergangenheit zu stellen und zum Gelände zurückzukehren. Wenn ich das nicht tue, wird Nikita Mikhail, dem Anführer der Bratva, sagen, dass ich noch lebe.

Er sollte es von mir erfahren.

Bin ich nervös? Ich wäre verrückt, wenn ich mir keine Sorgen machen würde, aber ich kann nicht in New York bleiben, ohne Mikhail und seinen Männern zu begegnen.

Und ich bin kein Mann, der davonläuft und sich versteckt.

Ich habe mir eine Waffe besorgt, zwar nicht auf legale Weise, aber ich habe eine Waffe dabei, falls die Sache schiefgeht. Ich bin vorbereitet. Je mehr ich über die Geschehnisse nachgedacht habe, desto weniger glaube ich, dass Mikhail einen Anschlag auf mich geplant hat.

Nikita und ich waren diejenigen, die den Auftrag hatten, Savannah und Anton zu töten.

Wir haben versagt.

Mikhail mag darüber sauer sein, aber wenn er hinter jemandem her ist, dann müssen sie es sein.

Ich fahre mit der U-Bahn durch die Stadt und nehme dann eine Mitfahrgelegenheit. Sie setzen mich ein paar Blocks vom Gelände entfernt ab.

Das Wetter ist schön, ideal für einen Sommertag. Ich laufe die letzten paar Blocks bis zum Wachtor. Ivan hält Wache und ihm fällt die Kinnlade herunter, als er mich sieht.

„Scheiße, ich habe einen Geist gesehen", sagt Ivan und reibt sich die Augen, bevor er aus der Kabine tritt. „Wo zum Teufel bist du gewesen?"

„Zum Sterben zurückgelassen", sage ich. Mein Mund ist trocken und mein Herz klopft gegen meinen Brustkorb. Vielleicht sollte ich mir einen anderen Plan ausdenken, eine andere Geschichte, um Sadie aus diesem Schlamassel herauszuhalten. Wird Mikhail nicht fragen, wo ich gewesen bin? Er wird Fragen haben.

Ivan starrt mich entgeistert an, bevor er die Spinnweben aus seinem Kopf schüttelt. „Mikhail wird sich in die Hose machen", sagt er.

Ich grinse schief. „Das wäre ein toller Anblick."

Iwan wirft einen Blick auf mich und ist überzeugt, dass ich der Familie nicht schade. Schließlich bin ich einer von ihnen. Er öffnet das Tor und lässt mich eintreten.

„Tu mir einen Gefallen und rufe nicht im Haus an. Ich würde Mikhail gerne überraschen."

„Willst du, dass ich gefeuert werde?", fragt Iwan mit einem nervösen Lachen. Schweiß tropft ihm von der Stirn.

Warum zum Teufel ist er so nervös? Mein Magen schlägt Purzelbäume. Ich bin froh, dass ich heute noch nicht viel gegessen habe.

„Es wird keine große Überraschung sein, wenn du ankündigst, dass ich zu Hause bin", sage ich.

„Na gut." Ivan beobachtet mich, während ich über die steinerne Einfahrt die Treppe hinaufschleiche. Ich habe zwar keinen Schlüssel dabei, aber das Türschloss verfügt über einen Fingerabdruckleser, der erst im letzten Jahr installiert wurde.

Ich hebe meine Hand, mein rechter Zeigefinger liegt auf dem Lesegerät, und es klickt in der entriegelten Position. Ich öffne die Tür und der Geruch von frischer Farbe und Putzmitteln steigt mir in die Nase.

Welches Chaos wurde diese Woche aufgeräumt?

Meine Schritte sind nicht unsichtbar. Ich bin kein bisschen leise und versuche es auch nicht, als ich mich in dem Gebäude umsehe. Kinderstimmen dringen zusammen mit Lachen aus dem Spielzimmer in den Flur.

Madisyn und Lucy unterhalten sich, aber ich kann nicht genau hören worüber, aber das ist auch egal. Ich bin nicht hier, um zu lauschen.

Ich nähere mich Mikhails Büro, aber es ist leer.

Er könnte überall sein. Aber ich nehme an, dass er zu Hause ist, sonst hätte Iwan etwas anderes gesagt.

„Wir müssen ein Kindermädchen einstellen", sagt Mikhail aus dem Spielzimmer.

„Das würden wir auch, wenn dir eine der Bewerberinnen gefallen würde", sagt Madisyn.

Ich gehe auf die offene Tür zu und beobachte, wie die beiden Turteltauben miteinander reden.

„Dmitri!" Mikhails Augen leuchten auf, und ein Lächeln huscht über seine Züge. Ich kann nicht sagen, ob es daran liegt, dass ich ihn aus dem Gespräch mit Madisyn gerettet habe, oder ob er erleichtert ist, dass ich lebe.

„Ich bin zurück", sage ich mit einem gezwungenen Lächeln. „Hast du mich vermisst?"

„Wir dachten, du wärst tot." Lucys Stimme ist sanft und zerbrechlich. Sie kneift die Augenbrauen zusammen und beißt sich auf die Unterlippe, als würde sie versuchen, nicht zu weinen.

Verdammt!

Ich stand den Frauen nie besonders nahe, aber das heißt nicht, dass mein vermeintlicher Tod sie nicht hart getroffen hat.

„Ja, lustige Geschichte." Ich unterdrücke nicht einmal ein Lächeln. „Ich wurde für tot gehalten, als ein Unbekannter ins Krankenhaus gebracht und lag mehrere Wochen im Koma."

„Wow", flüstert Lucy mit offenem Mund und großen Augen.

Madisyn gibt Mikhail einen Klaps auf den Arm. „Ich habe es dir gesagt!", schimpft sie. „Keine Leiche, keine Beerdigung. Aber du hörst ja nicht auf mich."

„Es gab eine Beerdigung für mich?" Ich rutsche mit meinen Füßen hin und her, weil es mir unangenehm ist, was Mikhail mit mir angestellt hat, als ich angeblich tot war.

Was zur Hölle haben sie begraben, wenn ich nicht im Sarg lag?

„Es war nur ein kleiner Gottesdienst", sagt Mikhail und winkt abfällig. „Genug von diesem schweren Fehler. Du bist wieder da und siehst hervorragend aus für einen Toten." Mit einer Geste fordert er mich auf, ihm in sein Büro zu folgen.

Das ist wahrscheinlich das Beste. Die Kinder brauchen nicht zu hören, was ich durchgemacht habe.

„Ich habe mehrere Wochen geschlafen", sage ich.

„Darauf wette ich", murmelt Mikhail. „Wir haben unsere Männer die Wälder durchkämmen lassen, aber niemand hat eine Leiche gefunden. Ich schätze, das liegt daran, dass dich jemand anderes zuerst gefunden hat." Er schließt die Tür zu seinem Büro, nachdem ich mich zu ihm gesellt habe, um uns etwas Privatsphäre zu geben.

„Gibt es etwas Neues von Anton oder Savannah?", frage ich.

„Nichts." Er setzt sich an den Rand seines Schreibtisches. „Hast du eine Ahnung, wo sie hingegangen sein könnten?"

„Nein. Sie haben mich zum Sterben zurückgelassen. Ich kann nicht sagen, dass ich weiß, wohin sie verschwunden sind."

Mikhail's Augen flackern. „Hast du den Verdacht, dass Nikita etwas damit zu tun hat?", fragt er.

Ich schüttle den Kopf. Ich werde ihn nicht verraten, auch wenn er vielleicht keine Schuld hat. „Ich finde es nur seltsam, dass ich im Wald zurückgelassen wurde, um zu sterben, und Nikita nach Hause zurückgekehrt ist."

„Nikita wurde ins Krankenhaus gebracht und dort abgesetzt. Er schwört, dass er sich nicht daran erinnern kann, wie er dorthin kam und er weiß nicht, wohin Anton mit Savannah verschwunden ist."

Das ergibt keinen Sinn. „Und niemand hat nach anderen Patienten gefragt, die mit Schussverletzungen eingeliefert wurden?", frage ich.

Mikhails Kiefer ist angespannt, seine Hände sind zu Fäusten geballt. „Wir haben versucht, den Schaden zu begrenzen. Die Polizei durchwühlte Nikita's Krankenhauszimmer. Ich kann mir vorstellen, dass sie das Gleiche bei dir gemacht haben."

„Du wusstest also, dass ich noch lebe?"

„Ich habe gehört, dass ein Unbekannter eingeliefert wurde und dass sie nicht glaubten, dass er es schaffen würde. Ich nahm an, dass du es bist, bis ich ein dunkelhaariges Mädchen mit dem Arzt sprechen sah. Da dachte ich, der Patient sei kein Unbekannter mehr."

„Und du hast nicht nach mir gesucht?"

„Ich ließ ein halbes Dutzend Männer den Wald durchsuchen, aber bis Nikita uns sagen konnte, was passiert war, hatte der Regen die Beweise weggespült und du warst nirgends zu finden. "

Ich bin nicht verbittert darüber. Mikhail hat getan, was er für richtig hielt. Es war eine schwierige Entscheidung, und wir müssen mit den Konsequenzen leben.

Wir haben Anton an diesem Tag verloren.

Auch wenn er nicht tot ist, ist er von der Familie abgeschnitten.

„Für einen toten Mann siehst du gut aus", sagt Mikhail und stößt sich vom Schreibtisch ab. Er schnappt sich eine Flasche Whiskey aus dem Schrank. „Willst du etwas trinken?"

Schlage niemals ein Angebot eines Pakhans ab, auch nicht das von Alkohol. „Klar", sage ich.

Er schenkt uns beiden ein Glas ein und nimmt den ersten Schluck. Ich folge ihm, nicht dass ich dachte, er würde mich vergiften. Wenn er mich tot sehen wollte, hätte er mir schon längst eine Kugel in den Kopf gejagt.

„Wo hast du übernachtet?", fragt Mikhail und wirbelt die bernsteinfarbene Flüssigkeit umher, bevor er einen Schluck nimmt.

„Abgesehen vom Krankenhaus? Bei einem neuen Freund." Ich gehe nicht näher darauf ein.

„Hat sie auch einen Namen?" fragt Mikhail. Er lässt nie etwas aus.

Ich hatte nicht vor, sie zu erwähnen. Es gab auch keinen Grund, sie zu erwähnen. „Sadie", sage ich und schaue auf die bernsteinfarbene Flüssigkeit. Ich hebe das Glas an meine Lippen und schlucke es in einem Zug herunter.

„Sadie", wiederholt Mikhail. „Fickst du sie? Denn Luka und Hannah werden in einem Monat heiraten und dein heißer kleiner Arsch könnte die perfekte Erklärung dafür sein, wo du warst."

Mikhail findet immer einen Weg, um seinen Arsch zu retten.

Auf seine Worte hin und lasse mich in den Ledersessel gegenüber seinem Schreibtisch fallen. „Was willst du damit sagen?" Es gefällt mir nicht, wie Mikhail denkt, und das er vorschlägt, dass ich meine Bratva-Brüder anlügen soll.

„Bring sie zur Hochzeit mit und führe sie vor. Und wenn die anderen fragen, was sie unweigerlich machen werden, sagst du ihnen, dass du bei ihr gewohnt hast. Ihr seid ein Paar oder was auch immer du vortäuschen willst."

Ich kann nicht glauben, dass ich Mikhail richtig verstanden habe. „Du willst, dass ich Sadie unter falschem Vorwand herbringe?"

„Nicht hierher", sagt er und deutet auf sein Büro und die Umgebung. „Aber im Allgemeinen, ja. Ich möchte, dass sie an der Hochzeit teilnimmt, mindestens vorher zum Abendessen und vielleicht zum Mittagessen. Denn wenn wir ehrlich sind: Wenn du sie nur zur Hochzeit mitbringst, wird niemand glauben, dass es euch beiden ernst ist."

––––––––

Es ist drei Tage her, dass ich Sadie gesehen habe. Ich fühle mich immer noch schrecklich, weil sie ihren Job verloren hat. Ich habe zwei Möglichkeiten: Ich kann im Hotel auftauchen und dem Manager drohen, der sie gefeuert hat, oder ich kann ihr einen Job geben, wo ich arbeite. Die zweite Möglichkeit ist etwas schwieriger, weil sie dann für die Bratva arbeiten muss. Und obwohl ich sie nicht in meinen Schlamassel hineinziehen will, ist es ein wenig zu spät.

Ich habe ihr noch nicht gesagt, dass ich sie als meine falsche Freundin für eine Bratva-Hochzeit brauche.

Kleine Schritte.

Als ich Sadie das letzte Mal sah, habe ich mir ihre Telefonnummer aufgeschrieben. Ich habe wieder ein Handy und schreibe ihr eine SMS, wann ich sie abholen werde. Oft schicke ich ihr ein Emoji, oder sie schickt mir ein albernes Bild.

Erst gestern Abend hat sie mich gefragt, ob mir die Farbe „Sassy Sangria" gefällt, mit der sie ihre Fußnägel lackiert hat. Sie waren pink, aber das Mädchen könnte alles tragen und sieht umwerfend aus. Und ich hatte noch nie einen Fetisch für Füße, aber verdammt, ihre sind heiß.

Wir tun zwar nur so, als wären wir in einer Beziehung, aber aus Allies Sicht wäre es seltsam, wenn wir nicht miteinander kommunizieren würden.

Ich gehe zum Hauseingang ihrer Wohnung und drücke auf den Klingelknopf. Mit den Blumen in einer Hand warte ich darauf, dass sie mich in das Gebäude lässt. Als ich in ihrem Stockwerk ankomme, hat sie bereits die Wohnungstür angelehnt.

„Sadie?" Ich klopfe, als sie sich langsam öffnet.

„Komm rein", ruft sie aus dem Inneren der Wohnung.

Allie sitzt auf der Couch und fixiert mich mit ihrem Blick. Sie mustert mich von oben bis unten, steht auf und kommt auf mich zu. „Sind die Blumen für mich?", fragt sie süffisant.

Ich reiche ihr einen kleinen Strauß, der an den größeren für Sadie gepresst ist. „Die sind für dich."

Sie rollt ihre Lippen zusammen. Ich habe sie überrascht. „Danke." Sie nimmt den gemischten Strauß aus bunten Gänseblümchen und bringt ihn in die Küche. „Mama!", ruft Allie quer durch die Wohnung. „Wo sind die Vasen?"

„Über dem Kühlschrank im Schrank", sagt Sadie, aber sie schreit nicht. Sie kommt um die Ecke in die Küche und trägt das süßeste und aufregendste, aber bescheidene schwarze Kleid, das ich je gesehen habe. Es schmiegt sich an ihre Brüste, verdeckt sie aber und überlässt es meiner Fantasie, herauszufinden, ob sie einen BH trägt und wie er unter dem Kleid aussehen könnte.

Satin?

Spitze?

Ich ziehe es vor zu denken, dass sie keine Unterwäsche trägt.

Ihr Rock fließt nach außen und endet knapp über den Knien.

Mit dem Rücken lehnt sie sich an das Sofa, um sich abzustützen, während sie in ihre High Heels schlüpft.

Was würde ich nicht alles dafür geben, jetzt auf dieser Couch zu liegen, an ihren warmen Körper geschmiegt.

Ich räuspere mich und biete Allie an, ihr zu helfen, da ich einen guten Meter größer bin als sie. „Hier, lass mich mal." Ich greife in den Schrank über dem Kühlschrank. Darin befinden sich Flaschen mit Alkohol und eine Kristallvase.

„Was ist mit meinen Blumen?" Allie jammert. „Ich kann Mamas Vase nicht teilen. Haben wir noch eine?" Ihr Blick ist auf Sadie gerichtet.

Sadie zieht ihre Schuhe an. „Du hast ihr Blumen mitgebracht?" Ein Lächeln ziert ihr Gesicht, und ihre Wangen sind rosig. Ich kann nicht sagen, ob es an der Schminke liegt oder ob sie rot wird.

„Ich habe euch beiden Blumen mitgebracht." Ich zeige ihr den Blumenstrauß in meiner Hand, der für sie ist.

„Sie sind wunderschön", sagt Sadie und bewundert den Strauß. „Du hast die Vase gefunden. Kannst du sie ins Wasser stellen, während ich etwas für Allies Blumen heraussuche?"

Allie öffnet die oberste Schublade und reicht mir eine Schere. Ich lasse das Waschbecken laufen und schneide die Stiele unter dem fließenden Wasser ab, bevor ich den Kristallbehälter mit Wasser fülle und Sadies Blumen in die Vase stelle.

Sadie öffnet den unteren Schrank unter der Spüle und holt eine leere Glasflasche heraus. Sie gibt den leeren Behälter an Allie weiter. „Hier, nimm das."

„Das ist gemein, Mom."

Sadie lacht leise, und ihre Wangen brennen noch mehr. Es ist nicht ihre Schminke, die ihre Haut aufheizt. „Deine Einstellung auch."

„Brennen", sagt Allie. Sie schnappt sich die Glasflasche und schneidet die Stiele ab, damit die Blumen hineinpassen.

Sadie *entschuldigt* sich bei mir. Ich würde alles darauf wetten, dass Sadie als Kind wahrscheinlich wie Allie war.

Trotzig.

Unabhängig.

Und sie lässt sich von niemandem etwas gefallen.

„Seid ihr bereit für das Abendessen?", frage ich.

Allie geht aus der Wohnung und zum Aufzug. Sie drückt auf den Knopf und wartet, bis der Aufzug ankommt, während Sadie die Tür abschließt. Ich warte neben Sadie und lege meine Hand auf ihren Rücken, um sie festzuhalten.

„Danke", flüstert sie.

Ich frage nicht, wofür. Es ist noch nicht zu Ende. Wir haben noch eine ganze Nacht vor uns und es ist nicht so, dass wir etwas geplant hätten. Wir haben uns ein paar Mal geschrieben, aber nichts Wesentliches.

Der Ort ist nur ein paar Blocks nördlich von ihrer Wohnung entfernt. Als wir aus dem Gebäude gehen, geht Allie voraus, während ich meine Hand in Sadies lege. „Ist das in Ordnung?", frage ich.

„Ja", sagt sie mit einem schüchternen Lächeln. „Aber sie ist vor uns."

„Ich bin sicher, dass sie sich einmal umdreht", erwidere ich. „Es muss überzeugend aussehen, dass wir zusammen sind."

Sadie klemmt ihre Unterlippe zwischen die Zähne.

„Was ist los?", frage ich.

„Es ist schon lange her, dass ich mit jemandem ausgegangen bin."

„Tu so, als hättest du ein Date", flüstere ich und erinnere sie daran, dass das alles nur ein Spiel ist, damit Allie nicht die Wahrheit erfährt.

Und die lautet, wie genau? Dass Sadie mich nach Hause gebracht hat und wir miteinander geschlafen haben? Das ist kein Verbrechen und falls doch, würde ich es wissen, wenn ich an die vielen Straftaten denke, die ich begangen habe.

Was wir nicht getan haben, ist in den meisten Staaten nicht einmal illegal. Ich hatte schon perverseren Sex. Nicht, dass er langweilig gewesen wäre, aber es war gewöhnlich. Sehr köstlich und süchtig machend gewöhnlich.

Sadie schnippt mit den Fingern vor mein Gesicht. „Dmitri, hast du auch nur ein Wort von dem gehört, was ich gesagt habe?"

Mist.

„Tut mir leid", entschuldige ich mich mit einem verlegenen Lächeln. Ich beuge mich vor und meine Lippen streifen ihr Ohr. „Ich dachte nur an all die Dinge, die ich gerne von deinem nackten Körper lecken würde.

Ihre Augen weiten sich und ihre Wangen und Ohren röten sich. Das Mädchen kann ihre Röte nicht verbergen, selbst wenn sie es versucht.

Es ist süß und verdammt sexy. Ich wette, ihre Brust ist auch gerötet. Ich würde diese Farbe gerne auf ihrem nackten Körper sehen.

Sadie räuspert sich und drückt meine Hand fest. Als wolle sie mich in die Realität zurückholen.

Verdammt!

Die Fantasien waren lustig, aber flüchtig.

„Wie lange wollen wir so tun, als ob wir uns treffen?", fragt Sadie. Ihre Stimme ist leise und kaum mehr als ein Flüstern. „Nur heute Abend, richtig?"

„Gib mir drei Dates."

„Was?" Ihre Augen weiten sich und sie ist ein wenig zu laut, als Allie sich umdreht und uns beide anschaut.

„Alles in Ordnung?", fragt Allie.

„Ja, Margherita's ist nur einen Block weiter", sagt Sadie.

„Margherita's?," wiederhole ich. Ich habe Sadie das Restaurant aussuchen lassen, da ich mir nicht sicher war, was ihr Kind essen würde.

Mist.

Das Margherita's gehört der italienischen Mafia. Ich kann keinen Fuß dort hineinsetzen, ohne den nächsten Krieg auszulösen. Und jetzt, wo ich wieder für die Bratva arbeite, muss ich vorsichtig sein.

„Wie wäre es, wenn ich euch beide an einen etwas nobleren Ort mitnehme?"

„Margherita's ist schon schick genug. Außerdem", ihre Stimme wird leiser, „weiß ich nicht, wie du das Essen bezahlen willst, und ich habe gerade meinen Job verloren."

„Ich arbeite in dem Club, in dem ich früher gearbeitet habe. Die Bezahlung ist gut, keine Sorge, das ist mein Vergnügen."

„Allie", rufe ich und gebe ihr ein Zeichen, dass sie zurückkommen soll, damit wir über das Abendessen reden können.

Sie joggt auf uns zu. „Ja?"

„Margherita's ist zu amerikanisch für italienisches Essen." Ich will sie nicht erschrecken und ihr sagen, dass die italienische Mafia das Lokal betreibt. Woher soll es jemand wissen, wenn er nicht dazugehört?

„Ich mag es", sagt Allie achselzuckend.

„Auf der anderen Straßenseite gibt es ein Fischrestaurant und einen Block weiter ein Steakhaus. Hört sich beides gut an?" Ich hoffe, das Mädchen hatte nicht vor, sich eine Pizza zu holen, denn in der Nähe gibt es keine guten Pizzerien.

„Ich liebe Meeresfrüchte." Allies Augen leuchten auf.

Ich schaue Sadie an und hoffe, dass sie auch an Bord ist. „Hört sich interessant an."

An der nächsten Kreuzung steuern wir das Fischrestaurant an. Ich habe zwar nicht reserviert, aber ich habe schon früher mit dem Besitzer

Geschäfte gemacht, und wir bekommen sofort einen Platz.

„Keine Wartezeit?", flüstert Sadie mir ins Ohr. Sie hebt eine Augenbraue. „Wer bist du?", stichelt sie.

Allie scheint das nicht zu bemerken, und als wir zu unseren Plätzen geführt werden, setzt sie sich an den Tisch, bevor ich ihr den Stuhl zurechtrücken kann. Ich ziehe Sadies Stuhl heraus, und sie setzt sich.

Ich setze mich an den Tisch und werfe einen Blick auf die Speisekarte, um einen Moment Ruhe zu haben, bevor die Show beginnt. Bis jetzt war es die Vorshow, die Vorspeise.

Jetzt geht's los.

Als der Kellner an den Tisch kommt, nimmt er zuerst Allies Bestellung auf und dann die von Sadie. Ich bin dankbar, dass ich als Letzter dran bin, denn es gibt mehrere Gerichte, die köstlich klingen. Es ist schon eine Weile her, dass ich hier gegessen habe. Schließlich entscheide ich mich für den geschwärzten Seebarsch mit Krabbenfleisch und kreolischer Soße. Ich habe es noch nicht probiert, aber alles, was ich hier gegessen habe, ist zum Sterben gut.

Kaum ist der Kellner weg, stürzt sich Allie mit Fragen auf mich. „Wie habt ihr euch kennengelernt, du und Mom?" Das Mädchen weiß, wie sie mich in die Enge treiben kann. Sie wäre ein toller Verhörspezialist.

Ich werfe einen Blick auf Sadie. Wir hätten die Einzelheiten vor dem Abendessen und unserem Fake-Date besprechen sollen.

„Im Park. Deine Mutter wollte joggen gehen und ich habe mich verletzt. Sie hat mir geholfen", sage ich. Hat Sadie Allie etwas über uns erzählt?

„Hast du deshalb diese Narbe?" Sie deutet auf meine Stirn. Sie sieht noch frisch aus, aber sie ist seit dem Vorfall wahrscheinlich verblasst. Ich habe noch ältere Narben, die sie nicht sehen kann. Die Narben auf meiner Brust stammen von einem Messerstich, den ich als Teenager bekam, als ich zum ersten Mal in der Schuld der Bratva stand.

Die Arbeit, die ich mache, ist gefährlich. Das gilt auch für die Menschen, mit denen ich zu tun habe, deshalb habe ich mir geschworen, nie wieder jemanden einzubeziehen. Und jetzt sitze ich hier und esse mit Sadie und Allie zu Abend. Niemand wird den Mädchen etwas antun, solange wir hier sind. Ich muss nicht ständig auf meinen Rücken oder die Küche aufpassen. Hätten wir beim Italiener gegessen, wäre unser Essen wahrscheinlich schon vergiftet worden.

„Das ist es", sage ich. Die einfachsten Lügen sind die, die um die Wahrheit herum erfunden werden. „Was ist mit dir?", frage ich und lenke die Fragen auf sie. „Hast du einen Freund?"

Allie drapiert ihre Stoffserviette über ihrem Schoß. „Nein."

„Eine Freundin?", frage ich.

„Nein, aber es ist sehr gut, dass du das fragst. Ich mag ihn schon", sagt Allie. Sie hat ein breites Lächeln auf dem Gesicht.

Ist das alles, was es braucht? Ich hätte gedacht, dass es viel schwieriger wäre.

„Solange wir die persönlichen Fragen stellen", sagt Allie. In ihren Augen glitzert es. Ich weiß nicht, was auf mich zukommt, aber ich vermute, ich sollte nervös sein. „Du bist der erste Mann, den Mom mit nach Hause bringt. Was sind deine Absichten?"

„Allie!" Sadie schimpft mit ihrer Tochter.

„Ich muss auf dich aufpassen", sagt Allie und verschränkt die Arme vor der Brust. Sie ist ein echter Beschützer.

Ich grinse sie an. „Ist schon okay. Ich verstehe deine Besorgnis", sage ich und versuche, ihre Tochter zu beruhigen. „Ich sorge mich sehr um deine Mutter." Auch das ist keine Lüge. Es ist leicht, das zuzugeben, wenn man bedenkt, dass sie ein so guter Mensch ist. Sie hat mir unheimlich geholfen. Bin ich ihr nicht das Gleiche schuldig?

„Aber was sind deine Absichten?", fragt Allie und gestikuliert mit ihren Händen. „Wirst du sie heiraten?"

„Das reicht jetzt!" Sadies Wangen brennen und ihre Augen sind groß und hell. „Es tut mir leid, Dmitri. Ich weiß nicht, was über meine Tochter gekommen ist."

„Nein, ist schon gut", sage ich und versuche, ruhig zu bleiben. „Ich verstehe, warum sie so reagiert. Sie will sichergehen, dass ich euch beiden nicht wehtun werde. Und ich verspreche, dass ich alles tun werde, damit das nicht passiert."

„Dmitri", Sadies Tonfall ist eine Warnung.

Die Scharade muss einmal enden. Wir machen das nur, damit Allie keinen Verdacht schöpft, was passiert ist. Das Kind muss nicht wissen, dass ihre Mutter betrunken war, und ich bin kein Gentleman.

Ich habe sie nicht gezwungen, Sex zu haben. Ich bin kein Unmensch. Aber meine Begierde siegt immer.

„Dmitri und ich gehen es langsam an", sagt Sadie. „Wir wollen nichts überstürzen."

„Außer im Bett", scherzt Allie.

Sadie verzieht den Mund, schockiert von der Bemerkung ihrer Tochter. „Wenn wir zu Hause sind..."

Ich nehme einen Schluck Wasser und räuspere mich, um Sadies Drohung zu unterbrechen. „Das reicht jetzt, Allie. Du musst deiner Mutter gegenüber mehr Respekt zeigen."

Der Teenager rollt mit den Augen, nicht, dass ich ein Dankeschön erwarten würde. „Ich glaube, ich mag dich nicht mehr besonders."

Ich zucke mit den Schultern und bin nicht im Geringsten beunruhigt. „Das ist schon in Ordnung. Du musst mich nicht mögen. Die meisten Menschen tun das nicht. Ich bin daran gewöhnt", sage ich etwas zu schnodderig.

Sadie zieht die Stirn in Falten. Sie will mich nach meiner Bemerkung fragen, aber sie überlegt es sich anders. Ihre Zunge fährt heraus und streicht über ihre Oberlippe.

Ich greife nach ihrer Hand, und sie nimmt sie und drückt meine. Es ist eher ein freundschaftlicher Händedruck, ohne dass unsere Finger ineinander verschränkt sind.

„Mama, er ist lahm. Du solltest ihn gegen den Kellner austauschen. Er hat traumhafte Augen."

„Er ist ein wenig zu jung für meinen Geschmack. Ich mag meine Männer lieber älter und erfahrener."

„Igitt." Allies Nase rümpft sich und sie kneift die Augen zusammen. „Das ist eklig."

„Dann hör auf, meine Dates für mich auszusuchen. Ich bin vollkommen zufrieden mit Dmitri."

„Vollkommen zufrieden?" Das hört sich nicht gut an. Sie sollte auf dem Dach schreien, wie gut der Sex ist und dass sie keinen anderen Mann als mich will. Es ist kein anderer mit mir vergleichbar . Ich drücke ihre Hand und grinse. „Das heißt, dass wir uns noch verbessern können."

Sadie presst ihre Lippen aufeinander, ihre Wangen sind rot. „Zufrieden ist gut. Es bedeutet, dass ich glücklich bin."

Seit ich sie abgeholt habe, habe ich nicht mehr gezählt, wie oft sie rot geworden ist. Warum ist das so?

„Ihr zwei seid eklig", scherzt Allie. Sie greift nach ihrem Wasserglas und schwenkt es wie ein Weinglas. „Ich bin froh, dass Mom mich noch nie zu einem ihrer Dates eingeladen hat, denn ihr zwei seid eindeutig eklig."

„Eklig?", frage ich.

„Verdammt eklig", antwortet Allie.

„Allie!" Sadie schimpft mit ihrer Tochter, aber die Teenagerin zuckt nur mit den Schultern.

„Was? Er hat gefragt, Mama. Ich hätte nicht „Eklig" gesagt, wenn er nicht gefragt hätte."

Sadie zwingt sich zu einem Lächeln, während sie mir in die Augen schaut. „Bist du sicher, dass du dich mit einem Teenager treffen willst?"

Das ist die einfachste Antwort, die sie mir gegeben hat, aber ich werde sie nicht annehmen. Wir haben noch nicht darüber gesprochen, wie wir unsere Scheinbeziehung beenden wollen, aber es wird nicht wegen ihrer Tochter sein. Das ist die schlechteste Idee überhaupt.

„Ich bin nicht wegen deiner Tochter mit dir zusammen", sage ich. Das ist eine glatte Lüge. Der einzige Grund, warum wir dieses Fake-Date und diese Fake-Beziehung haben, ist Allie.

Trotzdem kommt mir das Date echt vor. Es ist nur etwas anders, als ich es gewohnt bin. Ich habe mich noch nie mit einer Frau verabredet, die ein Kind hat, geschweige denn mit einer, die einen Teenager hat.

Allie lässt mich schnell altern.

Meistens geht es bei den Frauen, mit denen ich mich treffe, darum sie in einer Bar für ein pikantes Vorspiel und Sex aufzugabeln. Bei meinem üblichen Publikum gibt es kein Essen und Trinken, und sie sind nicht älter als dreiundzwanzig oder vierundzwanzig. Ich neige dazu, Frauen anzusprechen, die sich nicht binden wollen. Sie sind frei, Single und auf der Suche nach einer Nacht voller Spaß.

Wenn du mich fragst, ist das eine Win-win-Situation.

Sadie hat mir gegenüber nicht zugegeben, dass sie mehr will, warum sollte sie auch? Das hier ist nicht echt.

Ihre Gefühle sind ein Schauspiel. Die Röte auf ihren Wangen kommt wahrscheinlich daher, dass sie Angst hat, ihre Tochter anzulügen.

Nach dem Abendessen und dem Nachtisch bringe ich die Mädchen zurück zu Sadies Wohnung. „Ihr könnt nicht hereinkommen", sagt Allie, als wir uns dem Gebäude nähern. „Es wird ausgeräuchert."

Das ist eine eklatante Lüge. Das Mädchen kann nicht flunkern, was wahrscheinlich gut für Sadie ist. „Ist das so?", frage ich. „Wenn es ausgeräuchert ist, solltest du sicher nicht hineingehen. Das ist nicht sicher."

Allie blickt ihre Mutter Hilfe suchend an.

„Da bist du auf dich allein gestellt", sagt Sadie mit einem schelmischen Grinsen.

Der Teenager rümpft die Nase, rollt mit den Augen und stapft in den Eingangsbereich der Wohnung.

„Ich würde dir ja anbieten, mit hereinzukommen, aber vielleicht ist das keine so gute Idee", sagt Sadie.

Ich ziehe sie an mich. Eine Hand liegt um ihre Taille, mit der anderen schiebe ich ihr die Haare aus dem Gesicht. „Sie sieht zu", sage ich und werfe einen Blick in das Vorderfenster.

„Oh", flüstert Sadie. „Dann sollten wir uns wohl küssen."

Es ist nicht das erste Mal, dass wir uns küssen, aber es ist das erste Mal, dass wir beide völlig nüchtern sind. Ich beuge mich vor, halte aber inne, damit sie den Abstand zu mir vergrößern kann, während ich sie necke. Meine Finger verheddern sich in ihren Haaren, und ihre Augen sind auf meine Lippen gerichtet.

Sie seufzt leise und neigt ihren Kopf zu mir. Es ist wie ein Feuerwerk. Die Wärme, die sie ausstrahlt, durchströmt mich und lässt mein Herz in meiner Brust pochen.

Ich ziehe sie eng an mich heran und will jeden Zentimeter ihres Körpers spüren. Wir verlieren uns ineinander, ihre Finger liegen an meinem Nacken und krabbeln an meinem Kragen entlang.

Ich schwöre, ich höre sie schnurren, als sich meine Lippen zu ihrem Hals bewegen. „Wir sollten—ich kann dich nicht hereinlassen. Das hat diesen Schlamassel ausgelöst."

Sie hat recht, und ich hasse es, dass ich auf sie hören und ihre Bedingungen akzeptieren muss. Was würde ich nicht alles dafür geben, sie zu beugen und meinen Schwanz vor aller Augen in sie zu stecken.

Ich beuge mich vor, nehme einen letzten Schluck, knabbere an ihrer Unterlippe und zerre sie zwischen die Zähne, bevor ich sie loslasse.

Wieder stöhnt sie auf. Ihr Höschen ist wahrscheinlich tropfnass.

Mein Schwanz ist erregt und ich hasse es, ihn wegzuziehen, aber ich muss es tun, bevor ich uns beide in Verlegenheit bringe.

„Einen schönen Abend, *Malishka*."

SIEBEN

SADIE

Mein Herz klopft gegen meinen Brustkorb, als ich die Wohnungstür schließe. Ich lehne mich mit dem Rücken gegen das Holz und lasse mich von ihm aufrecht halten. Meine Beine sind wie Gummi von dem Kuss mit Dmitri.

Warum habe ich gedacht, dass es eine gute Idee wäre, ihn draußen auf der Veranda zu küssen?

Allie sitzt auf dem Sofa, der Fernseher läuft, und sie ignoriert mich. Das ist auch gut so. Ich brauche eine Minute, um mich abzukühlen, denn eine kalte Dusche wäre zu offensichtlich.

Ich gehe zum Kühlschrank, die kalte Luft hilft mir ein wenig, während ich nach einer Flasche Wein greife. Dmitri hatte uns beim Abendessen keinen Alkohol bestellt. Er hatte es nicht einmal angeboten. War es, weil es kein richtiges Date war? Oder hatte es vielleicht eher damit zu tun, dass Allie beim Essen dabei war?

Allie hat mich schon ein oder zwei Gläser Wein trinken sehen. Ich habe mich in Gegenwart meines Kindes nicht betrunken. Ich weiß, dass sie mich nach einer Nacht mit meinen Freunden nicht betrunken sehen soll. Dann lasse ich sie bei einem Freund oder bei den Nachbarn übernachten, damit ich mich entspannen kann.

Das hat alles nur noch schlimmer gemacht.

Ich schlüpfe aus meinen Schuhen, lege mein Handy auf den Tresen und schenke mir ein Glas Rotwein ein. Der Geschmack ist süß und saftig. Köstlich.

Morgen muss ich mich daran machen, einen neuen Job zu finden. Ich habe die letzten Tage damit verbracht, mich zu bewerben und meinen Lebenslauf auf Vordermann zu bringen, aber ich werde bald Geld brauchen, um die Rechnungen zu bezahlen.

Ich stelle mein Glas Wein auf dem Esszimmertisch ab und nehme den Laptop mit, und setze mich hin. Ich tippe auf den Computer, öffne einen Webbrowser und werfe einen Blick auf die offenen Stellen. Allie ist in die laufende Reality-Show vertieft.

Es gibt ein paar Angebote für Büroarbeit, eine Bar und einen Stripclub. Den Stripclub lasse ich links liegen, aber in einer Bar könnte ich arbeiten. Ich habe vor Jahren mal gekellnert. Das war zwar nicht mein Lieblingsjob, aber ich habe damit meine Rechnungen bezahlt.

Ich schreibe mir die Informationen auf einen Zettel. In der Anzeige steht, dass man sich vor Ort bewerben muss und dass sie keine Online-Bewerbungen annehmen.

Wie altmodisch ist diese Bar?

„Ich gehe mal kurz raus", sage ich, schließe den Computer und schütte den Rest des Weinglases aus. Ich will nicht betrunken sein, wenn ich dort auftauche und nach einer Stelle frage.

„Du schleichst dich raus, um bei deinem Freund zu sein?" Allie kichert.

„Ich muss mich nicht rausschleichen. Ich bin erwachsen."

„Wie auch immer. Ich schaue meine Sendung." Sie winkt mich ab, den Blick auf den Fernseher gerichtet.

Es ist Samstagabend. Die Bar muss voll mit Gästen sein. Ich tippe die Adresse in mein Handy, nehme mir eine Kopie meines Lebenslaufs und stecke ihn in eine Ledermappe. Ich trage immer noch mein schwarzes Kleid, das für eine Bewerbung vorzeigbar genug ist. Es ist zwar nicht die richtige Kleidung für ein Vorstellungsgespräch, aber wenigstens trage ich keine Jeans und kein T-Shirt. Ich schnappe mir einen Blazer, um das Ensemble zu vervollständigen.

„Okay, tschüss", sage ich. Ich bin froh, dass sie keine weiteren Fragen stellt, denn eines Tages werde ich ihr sagen müssen, dass ich den Job gewechselt habe, was kein Problem ist, wenn ich einen neuen Job gefunden habe.

Ich verlasse eilig das Gebäude und gehe zur U-Bahn, um den Zug quer durch die Stadt zu nehmen. Es ist ein paar Blocks entfernt und es wird dunkel, aber die Straßen sind gut beleuchtet. Um diese Uhrzeit gibt es genug Fußgängerverkehr, sodass ich mich nicht isoliert fühle.

Es ist relativ sicher.

Ich überprüfe in meinem Handy noch einmal die Adresse der Bar, bevor ich einen Blick nach vorn werfe und sie sehe. Ich eile hinein, vorbei an dem Türsteher. Er macht sich nicht die Mühe, meinen Ausweis zu kontrollieren. Ich weiß nicht, ob ich beleidigt oder geschmeichelt sein soll. Die Musik ist laut und pulsiert durch den Club. An der Bar ist viel los und ich möchte den Barkeeper nicht stören, während er beschäftigt ist.

Ich werfe einen Blick auf den Türsteher zurück. „Hey, ich wollte eine Bewerbung abgeben. Ich habe im Internet gelesen, dass du Leute einstellst."

Er mustert mich von Kopf bis Fuß und gibt nicht den geringsten Hinweis darauf, was ihm durch den Kopf geht. „Wir sind beschäftigt." Sein Akzent ist stark, italienisch.

„Ich weiß. Deshalb denke ich, dass ich dir helfen kann", sage ich. „Ich war schon Barkeeper und habe gekellnert. Ich habe auch in einem Hotel gearbeitet und mich um Kundenprobleme gekümmert. Ich lerne schnell und bin schnell auf den Beinen. Ich bin nur auf der Suche nach einem Job."

Er zieht ein Walkie-Talkie aus seiner Gürtelschlaufe. Ich hatte gar nicht bemerkt, dass es an seiner Hüfte befestigt war. „Boss, hier sucht ein Mädchen einen Job."

„Schick sie zu mir in mein Büro", antwortet eine italienische Stimme durch das Walkie-Talkie.

Der Türsteher zeigt in den hinteren Teil des Clubs. „Folge dem Gang nach hinten. Es geht da lang."

Ich folge seiner Anweisung und komme zu einer Milchglastür, die leicht angelehnt ist. Ich klopfe kräftig und sie öffnet sich weiter.

„Komm rein", sagt ein italienischer Mann. Er bittet mich mit einer Geste in sein Büro.

Ich trete ein und schließe die Tür. Der Lärm und die laute Musik verschwinden im Raum. „Ihr habt hier einen guten Schallschutz", sage ich.

„Ich darf mich nicht ablenken lassen." Er schenkt mir ein falsches Lächeln. Das sind alles nur Höflichkeiten. Ich glaube nicht, dass er sich für mich interessiert, oder vielleicht ist es ihm egal, dass ich hier bin.

„Ich wollte nicht unangemeldet vorbeikommen. Ich hatte gehofft, mich für eine freie Stelle in Ihrem Unternehmen bewerben zu können. Ich habe gelesen, dass Sie eine Stelle als Barkeeper zu vergeben haben. Ich habe fünf Jahre Erfahrung als Barkeeper."

„Ist das dein Lebenslauf?", fragt er.

Ich werfe einen Blick auf sein Namensschild auf dem Schreibtisch: Antonio Moretti. Er hat die dunkelsten Augen, die ich je gesehen habe, aber das könnte auch am schummrigen Licht liegen.

„Das ist es", sage ich, öffne die Ledermappe und reiche ihm das dicke Elfenbeinpapier mit meinen Daten.

„Warum willst du hier arbeiten?", fragt Antonio.

„So wie ich das sehe, braucht ihr mich. Dein Barkeeper hat viel zu tun, und ich bin sicher, dass er nicht langsam ist, aber es gibt eine Schlange, und das bedeutet entweder verärgerte Kunden, die gehen, oder sie bestellen weniger Getränke, weil er nicht mithalten kann, und sie gehen nach Hause."

Mit festem Kiefer legt er den Lebenslauf auf den Schreibtisch und verschränkt die Arme vor der Brust. „Ich muss deine Referenzen überprüfen."

„Ich habe nichts anderes erwartet", sage ich.

„Du wirst jedes Wochenende in der Frühschicht arbeiten müssen. Die Kunden geben zwar gutes Trinkgeld, aber dafür gehen deine Freitag- und Samstagabende drauf."

„Ich werde sie nicht vermissen", sage ich. Es wird schwer sein, abends nicht bei Allie zu sein, aber ich vertraue meiner Tochter und werde spätabends zu Hause sein. Sie wird nicht ganz allein sein. Die Tatsache, dass ich eine Tochter habe, kommentiere ich nicht, denn damit bekomme ich diesen Job nicht und ich brauche ihn, um ein Dach über dem Kopf und Essen auf dem Tisch zu haben.

Sicher, ich habe ein paar Dollar gespart, aber nicht genug, um unbegrenzt davon leben zu können. New York City ist teuer.

„Du fängst morgen Abend an", sagt Antonio. „Willkommen in der Familie."

„Danke." Das ist eine seltsame Formulierung, aber ich mache mir nichts daraus. Vielleicht ist das

Unternehmen in Familienbesitz, oder er behandelt seine Angestellten gerne wie Familienmitglieder.

Antonio erklärt mir, wann ich morgen anfangen muss, wie hoch mein Grundgehalt ist und welche Regeln gelten. Er ist nicht oft im Büro, und ich soll mich bei einem anderen Mitarbeiter melden. Ich bedanke mich bei ihm, als ich gehe, und mache mich auf den Weg zur U-Bahn.

Es war dunkel, als ich ging, aber jetzt haben sich die Menschenmassen auf den Straßen gelichtet.

Es macht mir nichts aus, allein zu gehen, aber ich behalte meine Umgebung im Auge, während ich mich der U-Bahn nähere. Es ist nicht übermäßig voll, aber die Züge fahren seltener, und am Bahnsteig versammeln sich mehr Menschen, während ich auf meinen Zug nach Hause warte.

Ein Zug fährt in den Bahnhof auf der gegenüberliegenden Seite der Gleise ein. Er fährt in die falsche Richtung, damit ich nach Hause komme. Die Fahrgäste steigen aus und ich schwöre, dass ich Dmitri sehe, der die Rolltreppe hochfährt.

Wo geht er zu dieser späten Stunde hin?

Ich sollte nicht neugierig sein.

Es ist auch nicht wichtig.

Ich überlege, ob ich ihm folgen soll, aber er wird denken, dass ich ihm nachstelle, und ich bin mir nicht sicher, ob ich falsch liege. Ich hadere schon mit mir selbst, was passiert, wenn ich erwischt werde.

Mein Zug hält an.

Ich muss einsteigen und nach Hause fahren. Etwas schlafen. Und vielleicht noch etwas Wein trinken.

———

Am nächsten Tag wache ich mit einer SMS von Dmitri auf.

Ich hatte gestern Abend Spaß mit dir und Allie.

Ich setze mich im Bett auf und ziehe die Decke um mich herum hoch. Ich beginne zu tippen und lösche meine Nachricht, weil ich nicht weiß, was ich schreiben soll.

Ich auch. Sollen wir über unsere Trennung sprechen?

Ich drücke auf Senden und hoffe, dass ich keinen Fehler gemacht habe. Hätte ich vorschlagen sollen, dass wir die Trennung einfach per SMS machen? Ich meine, es ist ohnehin keine echte Beziehung. Aber ich will die Sache mit ihm nicht beenden.

Sofort summt mein Telefon undich sehe , dass er anruft.

„Guten Morgen", sage ich.

Das ging aber schnell.

„Morgen, *Malishka*", sagt Dmitri. „Wie hast du geschlafen?"

Ein Lächeln streift mein Gesicht. Ich sollte mich nicht so verdammt schwindlig fühlen, wenn ich mit ihm rede. Er ist nur ein Freund, mit dem ich geschlafen habe. Das ist keine große Sache. „Ich habe gut geschlafen. Was ist mit dir?"

„Ich habe am längsten geschlafen, seit ich wie lange bewusstlos war—sechs Wochen?"

„Das ist nicht lustig." Er sollte keine Witze über sein Koma machen, aber vielleicht verarbeitet er so das Trauma, das er erlebt hat.

„Willst du heute frühstücken gehen?", fragt Dmitri.

Ich werfe einen Blick auf die Uhr. Es ist kurz nach acht. Allie wird noch mindestens zwei Stunden weiterschlafen. Beim Frühstück wären wir dann nur zu zweit. „Ja, das wäre schön."

„Toll, es ist ein Date."

Ich räuspere mich bei seiner Bemerkung. „Dmitri", sage ich und mein Tonfall enthält einen Hauch von Warnung.

„Das ist nur eine Redewendung, entspann dich. Ich werde gleich vorbeikommen."

Ich werfe einen Blick auf meinen Pyjama. „Ich muss mich anziehen."

„Reichen zwanzig Minuten aus?"

Kaum. Der Mann weiß nicht, wie lange eine Frau benötigt, um vorzeigbar auszusehen. „Ich muss duschen."

„Du könntest auf mich warten und wir könnten zusammen duschen", sagt Dmitri.

Mein Magen füllt sich mit Schmetterlingen. „Das könnten wir, aber es ist unmöglich, dass Allie uns nicht hören wird." Mit seinen Händen auf meinem

Körper und dem Verlangen, von ihm gefickt zu werden, ist es unmöglich, ruhig zu bleiben.

Ein schwerer Seufzer entweicht meinen Lippen und ich beiße mir fest auf die Unterlippe, als ich merke, dass er mich hören kann.

Er kichert leise vor sich hin. „Wie wäre es, wenn ich in fünfundvierzig Minuten da bin? Dann hast du genügend Zeit, um eine schöne, heiße Dusche zu nehmen."

Ich versuche, nicht zu wimmern, wenn ich mir vorstelle, wie er mich gegen die Duschkabine drückt und mich von hinten fickt.

„Toll. Wir sehen uns dann gleich." Ich kommentiere seine Bemerkung über die heiße Dusche nicht. Es könnte unschuldig gewesen sein und er hat nichts Sexuelles gemeint.

Wem mache ich etwas vor?

Er hat mir angeboten, zu uns zu kommen und gemeinsam zu duschen.

Dmitri gluckst. „Denk an mich, wenn du kommst, *Malishka*."

Ich stöhne unwillkürlich auf. Der Mann ist mein absolutes Verderben.

„Hast du gerade geschnurrt?", fragt Dmitri.

Ich beende den Anruf und eile unter die Dusche, um seine Frage nicht zu beantworten.

Was zur Hölle hat er getan, dass er mich so in Wallung gebracht hat? Ich atme tief ein und schwöre, dass ich seinen männlichen Duft in meinem Schlafzimmer riechen kann. Er ist berauschend.

Ein vernünftiger Mensch würde die Laken waschen.

Ich möchte mich darin wälzen und in seinem duftenden Aroma baden, das mein Inneres pulsieren und erschaudern lässt.

Scheiße!

Ich sollte mich nicht so sehr für einen Mann interessieren, den ich kaum kenne. Einem Mann, den ich allem Anschein nach nur zum Schein treffe, weil ich mit ihm zu Hause erwischt wurde, während meine Tochter über Nacht weg war. Ich fühle mich wie ein Teenager, der vor seinen Eltern verheimlicht, dass er mit einem Jungen zusammen ist.

Nur dass ich die Erwachsene bin und Dmitri und ich nicht zusammen sind.

Wann ist mein Leben so beschissen geworden?

Ich stelle die Dusche an und warte darauf, dass das Wasser warm wird. Wie soll ich Dmitri in weniger als einer Stunde zum Frühstück gegenübertreten, wenn mein Körper bei dem Gedanken kribbelt, seine Hüften zu spreizen und ihn als Cowgirl zu reiten?

Was zum Teufel ist in mich gefahren? Warum hat er mich so verdammt geil gemacht?

Ich ziehe mich aus und es klopft deutlich an derWohnungstür. Ich schnappe mir den weißen Frotteebademantel, der in meinem Badezimmer hängt, und ziehe ihn an. Ich verlasse mein Schlafzimmer, gehe zur Wohnungstür und werfe einen Blick durch das Guckloch.

Ich dachte, er würde mir fünfundvierzig Minuten Zeit geben. Wie lange ist das her, fünf Minuten?

Ich befehle Kona, sich zu setzen, während ich die Tür aufreiße.

„Dmitri?"

Seine Wangen sind rot, und hinter seinem finsteren Blick verbirgt sich ein urwüchsiger Blick.

Seine Hände liegen auf mir und er zieht mich fest an sich. Sein Mund senkt sich hungrig auf meinen, als ob sein Leben davon abhinge.

„Ich habe noch nicht einmal einen Fuß in die Dusche gesetzt", murmele ich zwischen zwei Küssen.

„Gut. So haben wir genügend Zeit, um uns vorher schmutzig zu machen", knurrt er in mein Ohr und knabbert an meinem Ohrläppchen, während er mich mit seinen Händen fester an sich zieht. Er geht mit mir rückwärts zu meinem Schlafzimmer und schlägt die Tür mit dem Fuß zu.

„Schließ ab", sage ich. Allie ist im Nebenzimmer und ich will nicht, dass sie etwas sieht.

Er greift hinter sich und drückt das Schloss zu, damit wir ungestört sind. Er streift sein Hemd ab, zieht seine Schuhe aus und folgt mir.

„Ich lasse die Dusche laufen." Ich mache mich auf den Weg ins Bad und löse die Schärpe um meine Taille, sodass sich der weiche weiße Bademantel öffnet und ihn neckt.

Sein Blick schweift über meine nackte Gestalt und er greift nach mir, aber ich mache einen Schritt zurück in Richtung Duschkabine.

„Hast du vom Flur aus angerufen?", frage ich mit einem frechen Grinsen. Ich fahre mit meinen Fingern über seinen Bauch und am Saum seiner Hose entlang. Ich öffne den Reißverschluss seiner Jeans und befreie ihn von seiner Kleidung.

Dmitri zieht mich fest an sich. Der Morgenmantel fällt zu meinen Füßen auf den Boden. „Ich habe dir gesagt, dass ich mit dir frühstücken möchte." Seine Lippen prallen auf meine und kämpfen hungrig um Kontrolle. „Ich könnte dich essen und wäre gesättigt."

„Das bezweifle ich irgendwie." Ein Kichern entweicht aus meinem Mund, als seine Finger mit einer leichten Berührung meine Hüften streift. Ich bin kitzlig, obwohl ich nicht glaube, dass er das Geheimnis absichtlich entdeckt hat, ist es offensichtlich, als ich mich aus seinem Griff winde.

„Kitzelig", sagt er, während er mich mit einem schiefen Grinsen mustert.

„Wir gehen jetzt duschen." Ich entziehe mich seinem Griff und gewinne meine Fassung zurück. Die Dusche ist warm und das Bad ist ziemlich dampfig. Ich trete unter den Wasserstrahl und Dmitri folgt mir in die Kabine und stellt sich hinter mich.

Es wird nicht viel geputzt oder schamponiert.

Seine Hände sind in meinen Haaren, er zieht meinen Mund zu sich und hält mich unter seiner Kontrolle. Ich bin noch nie von jemandem beherrscht worden, schon gar nicht von einem Mann, über den ich kaum etwas weiß. Dmitri ist ein Rätsel, das gelöst werden muss.

Er hat sich zwar daran erinnert, wer er ist, aber er hat mir nur sehr wenige Informationen gegeben. Es ist, als ob er sich vor mir verstecken würde.

Mein Kopf neigt sich nach hinten, als seine Lippen meinen Hals streicheln und an der empfindlichen Haut saugen. „Hinterlasse keinen Knutschfleck", warne ich ihn.

„Warum nicht?" Er grinst mich an. „Deine Tochter denkt bereits, dass wir zusammen sind." Er knabbert an meinem Hals, während seine Hände meine Hüften streicheln und über meinen Bauch krabbeln.

Er geht langsam und methodisch vor und stürzt sich nicht einfach auf die Beute.

„Du bist solch ein Scherzkeks", murmele ich und ziehe seine Lippen wieder auf meine.

Er wirbelt mich herum, stößt mich gegen die kalte Fliesenwand und hebt mich von den Füßen. Ich schlinge meine Beine um ihn und klammere mich mit den Armen an seinen Hals. Unsere Lippen verschmelzen zu tiefen, leidenschaftlichen Küssen, einer intensiver als der andere.

„Scheiße", knurrt er.

Das Wasser übertönt die meisten unserer Geräusche. Zumindest hoffe ich das, als er seinen dicken Schwanz in mich hineinführt und mein Inneres dehnt. Ich stöhne, während er mich ausfüllt, und meine Finger graben sich in seinen Rücken, wobei meine Nägel bei jedem flachen Stoß seine Haut berühren.

„Du bringst mich um", schimpfe ich und will, dass er tiefer eindringt. Seine Bewegungen sind auf die köstlichste Art und Weise eine Folter.

„Das bezweifle ich." Er küsst meinen Hals und meine Lippen. Seine Augen sind schwer und er starrt mir in die Seele, sein Atem geht rasselnd. „Sag mir, was du willst."

Meine Lippen öffnen sich. Das Sprechen kostet mich viel mehr Energie, als ich zur Verfügung habe. „Ich will, dass du mich fickst", krächze ich und habe Mühe, seinem Blick standzuhalten. Ich will mein Gesicht in seinen Nacken drücken und den Orgasmus auskosten. Aber er gibt mir nicht jeden Zentimeter seines dicken Schwanzes. „Tiefer."

Er nimmt meine Unterlippe zwischen die Zähne und der leichte Schmerz mischt sich mit dem Vergnügen, als er seinen Schaft in meine enge Muschi schiebt.

Mein Mund öffnet sich und ich keuche, als unsere Körper zu einer Einheit verschmelzen.

Fuck.

Jeder Stoß wird stärker, wie eine steigende Strömung, und ich bin kurz davor zu ertrinken.

Ich schnappe nach Luft. Mein Inneres krampft sich an seinem Schwanz zusammen und der Erste von vielen Zuckungen durchzuckt mich wie ein Stromstoß.

Dmitri gleitet heraus und lässt mich auf wackeligen Beinen stehen.

„Was?" keuche ich und starre nach oben, verzweifelt nach mehr. Ich war so kurz vor dem Höhepunkt und er hat mich um meine süße Erlösung gebracht.

Er lächelt, und sein Schwanz ist steinhart.

„Du bist ein Arschloch", murmle ich.

Seine Hand packt meinen Kiefer und presst meine Lippen fest auf seine, bevor er mich mit dem Gesicht zur Wand dreht und die kalten Fliesen an meine Wange drückt, während er meine Beine spreizt und seine Finger mein Poloch berühren. Ich keuche bei der Berührung in Erwartung. Will er mich verarschen oder wird er seinen Schwanz in meinen Hintern rammen?

Das habe ich noch nie gemacht. Ich bin mir nicht sicher, wie ich mich dabei fühle.

„Vertraust du mir?", fragt Dmitri.

Ich nicke.

„Ich brauche eine mündliche Bestätigung."

„Ja", flüstere ich.

„Lass deine Hände an der Wand." Er drückt meine Hände gegen die Fliesen und drückt dann meine Hüften zu sich. Ich lehne mich nach vorn, mein Hintern ragt heraus, halb nach vorn gebeugt. Ich schaue über meine Schulter zu ihm, während er meinen Hintern streichelt und mir einen Klaps auf den Po gibt.

Meine Wangen spannen sich an und ich keuche bei der Berührung.

„Hat dir das gefallen, *Malishka*?"

„Ja", keuche ich, überrascht von meinem Geständnis.

Eine Hand streichelt zwischen meinen Falten und entdeckt meine Nässe. „Willst du, dass ich dich kommen lasse?"

„Ja, bitte."

„Noch nicht", sagt Dmitri und ich schwöre, dass er lächelt, aber ich kann sein Gesicht nicht sehen. Mein Inneres bebt und zittert. Meine Muschi pocht nach Erlösung und er neckt mich mit seinen Fingern, streichelt meine Schamlippen und meine Nässe, ohne meinen schmerzenden Kitzler zu berühren.

Meine Schenkel spannen sich an, weil ich will, dass er diese perfekte Stelle trifft.

Er streichelt meine Muschi. „Ist es das, was du willst?"

„Ja", krächze ich und mein Mund steht offen, ich sauge die Luft ein, mein Inneres pocht und pulsiert. Ich bin so nah dran, und er fickt mich noch nicht einmal.

„Gott, du bist so verdammt heiß, Sadie. Ich will meinen Schwanz in dein enges kleines Loch stecken."

„In welches?", krächze ich.

Er kichert über meine Frage. „So ist es brav." Sein Finger wandert über mein Poloch und drückt leicht auf den Eingang, sodass ich mich vor Erwartung winden muss.

„Ist es das, was du willst? Willst du, dass ich dich hier berühre?"

„Vielleicht?", quieke ich.

„Ich brauche ein Ja oder Nein, Sadie."

Wenn er meinen Namen sagt, werde ich ganz kribbelig. Mein Kopf ist wie vernebelt, mein Körper gehört ganz ihm.

„Ja", flüstere ich, überrascht von meinem Geständnis.

Sein Finger fährt fort, mein Poloch zu reizen, aber er stößt nicht über den Eingang hinaus.

Meine Hüften zucken und wackeln, als ich spüre, wie seine Schwanzspitze meine Muschi von hinten reizt. „Bitte", keuche ich. Er bringt mich zur Verzweiflung. Meine Hüften stoßen an, ich will ihn und hoffe, dass er mich erlösen wird.

„Ich will dich so sehr", raspelt Dmitri und knabbert an meinem Ohr. „Aber dein Hintern muss noch warten. Ich will erst deine enge Muschi ficken."

Ich keuche und seine Hand streicht über meinen Bauch und hinunter zu meinen Locken, während er seinen Schwanz tiefer in mich stößt. Er dehnt mich aus und stößt in meine Wärme. Mein Inneres verkrampft sich und wird immer enger.

Jeder Stoß wird kräftiger und ich ziehe mich um seinen Schwanz zusammen, während ein Feuerwerk in mir explodiert.

———

Wir sollten über unsere unvermeidliche Trennung sprechen.

Aber alles, woran ich denken kann, ist, Dmitri nach Hause zu bringen und ihn wieder zu ficken. Er ist eine Droge, an die ich nur denken kann und nach der ich süchtig bin. Und ich hasse mich dafür.

Ich sitze ihm beim Frühstück gegenüber und lasse meinen Blick über ihn schweifen.

„Hast du etwas gesehen, das dir gefällt?", fragt Dmitri. Ein Grinsen ziert sein Gesicht und der Raum fühlt sich um einige Grad heißer an als noch vor ein paar Sekunden.

Er meint damit nicht den Teller mit dem Essen, den er vor sich hingestellt hat.

Ich greife nach meinem Glas Orangensaft und nehme einen Schluck, um mich ein wenig abzulenken. „Hast du heute Morgen vor meiner Wohnung gestanden, als du angerufen hast?", frage ich.

„So ähnlich", antwortet er kryptisch und nimmt einen Bissen von seinem Speck. „Du musst mir einen Gefallen tun."

„Ja, klar", sage ich achselzuckend und stelle das halb leere Glas auf den Tisch. Ich greife nach meiner Gabel und stochere in meinem Essen herum. Mein Magen ist mit Schmetterlingen gefüllt. Was kann er nur von mir wollen?

„Ein Freund von mir heiratet und ich benötige eine Partnerin für seine Hochzeit."

„Und du willst, dass ich dieses Date bin?", frage ich.

„Ich möchte, dass du meine falsche Freundin bist."

Ich lache leise vor mich hin. Die Grenzen sind bereits verwischt, und er will diese kleine Scharade zwischen uns beiden fortsetzen?

„Was bedeutet das denn?" Es ist ja nicht so, dass wir uns nicht schon mal geküsst oder in den Laken geknutscht hätten. Und Dmitri sieht auch nicht schlecht aus. Vorzugeben, seine Freundin zu sein, ist nicht die schlechteste Bitte.

„Zwei Abendessen und eine Hochzeit."

„Was?" Ich krächze, meine Stimme ist höher, als ich beabsichtige. „Drei Dates? Solch eine gute Schauspielerin bin ich nicht." Vielleicht könnte ich ein Date oder eine Hochzeit durchziehen, bei der seine Freunde nicht so genau auf uns achten, aber bei drei verschiedenen Gelegenheiten?

Will er mich etwa quälen?

„Meine Freunde möchten dich kennenlernen", sagt Dmitri.

„Können sie mich nicht auf der Hochzeit treffen?"

„Am Abend vor dem großen Tag gibt es auch noch das Probeessen. Komm mit. Ich helfe dir mit Allie."

„Wir wollen uns doch trennen." Hatte er den Plan vergessen?

„Das werden wir auch nach der Hochzeit. Dann gehen wir getrennte Wege. Keine große Sache." Er nimmt einen Schluck von seinem Kaffee. „Was sagst du dazu?"

Er starrt mich mit seinem Blick an. „Ich habe dir mit Allie geholfen", erinnert er mich.

Das war an einem Abend. Dies sind drei verschiedene Anlässe. „Na gut." Ich stöhne und schnappe mir eine seiner Wurstsemmeln von seinem Teller. „Wenn wir so tun, als würden wir uns verabreden, kann ich dir das Essen vom Teller stehlen."

Ein verruchtes Lächeln huscht über Dmitris Züge. „Du kannst alles von mir haben, was du willst, inklusive Wurst."

Ich schnaube bei seiner Bemerkung und bin mir sicher, dass ich rot werde.

„Alles? Ich werde dich darauf ansprechen", witzle ich.

ACHT

DMITRI

„Wirklich? Du hast eine Freundin?" Luka ist nicht davon überzeugt, dass ich mich mit einem Mädchen treffe, und wir es ernst meinen.

Warum sollte er auch? Er hat noch nie gesehen, dass ich mit einem Mädchen außerhalb einer Bar Zeit verbringe. Und er hat recht. Sadie ist nicht wie die anderen Mädchen, mit denen ich geschlafen habe, sie ist anders.

Zunächst einmal ist das, was wir haben, nicht echt. Aber der Sex, der ist einfach der Wahnsinn.

„Ihr Name ist Sadie", sage ich, als ob er mir dann plötzlich glauben würde.

„Und du bringst sie zur Hochzeit mit?" Seine Augen verengen sich, ohne dass er von mir überzeugt ist. „Ist sie deine Schwester oder so?"

„Sie ist meine Freundin", wiederhole ich. „Die Dinge, die wir getan haben, wären illegal, wenn sie meine Schwester wäre."

Luka gluckst leise und verschränkt die Arme vor der Brust. „Gut, aber ich glaube dir erst, wenn ich sie getroffen habe. Dieses Mädchen könnte ein Hirngespinst von dir sein. Du hast eine schöne Narbe", sagt er und deutet auf den Fleck auf meiner Stirn.

„Wie wäre es mit einem Abendessen am Montagabend?", schlage ich vor. Mikhail hat mir unmissverständlich klargemacht, dass ich meine falsche Freundin vor der Hochzeit anpreisen soll.

Und die Wahrheit ist, dass es mir nichts ausmacht, Sadie auszuführen und das Mädchen zu bewirten. Mir wäre es lieber, wenn es nicht in der Gesellschaft der Bratva geschehen würde, aber diesen Fehler kann ich nicht rückgängig machen. Mikhail weiß über sie Bescheid und will uns beide benutzen, um sein Selbstbild zu wahren.

Typisch Pakhan. Er macht sich nur Sorgen um seinen Ruf.

„Montag können wir es schaffen", sagt Luka. „Aber ich sollte dich warnen: Hannah ist in der Phase der Hochzeitsplanung. Im Moment scheint sie nur darüber zu reden."

„Willst du mich etwa warnen, dass sie Sadie Ideen in den Kopf setzen könnte?"

Es ist gut, dass wir es nicht ernst meinen und diese Beziehung nur vorgetäuscht ist.

„Ja, ich schwöre, das ist alles, was Hannah mit Madisyn bespricht."

„Eure Hochzeit ist in weniger als einem Monat. Ich bin mir sicher, dass es nach der Hochzeit wieder ruhiger wird. Fahrt ihr beide in die Flitterwochen?"

Es ist gut, wieder mitten im Geschehen zu sein. Ich hatte gar nicht bemerkt, wie viel ich in den letzten Wochen verpasst hatte.

„Ich habe einen dieser Überwasserbungalows in der Karibik gemietet." Luka zückt sein Handy und zeigt mir die mit einem Lesezeichen versehene Seite mit den Bildern der Villa. „Jede einzelne Hütte hat einen privaten Infinity-Pool und eine Hängematte über dem Wasser."

„Und Glasböden", sage ich und nehme die Innenfotos zur Kenntnis. Die Villa ist atemberaubend und ich bin mir sicher, dass es Luka einiges gekostet hat, sich das Haus für ein paar Tage zu sichern. „Wie lange bleibt ihr?"

„Wir reisen für zwei Wochen nach Montego Bay. Ich habe einen Deal gemacht, weil es in letzter Minute war, aber sag Hannah nichts davon."

Ich lächle und schüttle den Kopf. „Mach dir keine Sorgen. Weiß sie wenigstens, dass du mit ihr nach Jamaika fliegst, oder ist das auch eine Überraschung?"

„Oh, sie weiß, wohin wir in die Flitterwochen fliegen, aber nichts von der Villa. Ich freue mich schon darauf, wenn sie sich immer wieder bei mir bedankt." Das Grinsen auf Lukas Gesicht ist selbstgefällig. Wahrscheinlich stellt er sich all die schmutzigen Dinge vor, die er mit Hannah machen wird, wenn sie allein und frisch verheiratet sind.

„Hoffentlich mag sie das Meer und kann schwimmen."

Das Lächeln verschwindet aus Lukas' Gesicht. „Sei kein Arschloch."

Ich werfe meine Arme in die Luft. „Ich mein's ernst. Wenn das Mädchen Angst vor Wasser hat, bringst du sie in eine Hütte mitten im Meer."

„Es ist nicht die Mitte des... Oh, verdammt. Ich sollte es wohl herausfinden."

„Sag Madisyn, sie soll sie einfach fragen."

Luka schüttelt den Kopf und reibt sich den Kiefer. „Diese Frau kann kein Geheimnis für sich behalten."

„Sie hat Mikhail verheimlicht, dass sie FBI-Agentin ist." Wenn Madisyn ein Geheimnis bewahren will, ist sie in der Lage, ihren Mund zu halten.

Luka stimmt mir nicht zu. „Madisyn und Hannah sind beste Freundinnen. Nur—nein. Ich werde Madisyn nichts erzählen. Was ist mit deinem Mädchen?"

„Sadie? Was ist mit ihr?" Worauf will er mit seiner Frage hinaus? Mir dreht sich der Magen um, als seine Augen aufleuchten, als hätte er gerade einen genialen Plan ausgeheckt, der nach hinten losgehen wird.

„Überzeuge Sadie, dass sie Hannah während des gemeinsamen Abendessens, nach dem Meer, und dem Schwimmen fragt oder was auch immer dafür sorgt, dass diese Flitterwochenidee Gold wert ist."

„Du willst, dass ich mit Sadie über dein kleines Flitterwochengeheimnis spreche?" Ich fahre mir mit einer Hand durch die Haare. Sadie und ich reden außerhalb unserer gemeinsamen Zeit kaum miteinander. Wir sind kein richtiges Paar, dass sich verabredet, schreibt oder plaudert.

Wir sind eher Freunde mit Zusatzleistungen, die sich gegenseitig helfen.

„Da du es mir anbietest", sagt Luka, „wäre ich dir dankbar".

———

Ich habe Sadie seit dem gemeinsamen Frühstück nicht mehr gesehen. Ich habe ihr mehrmals eine SMS geschickt, um mich zu vergewissern, dass sie am Montagabend zum Abendessen Zeit hat. Am Telefon haben wir nicht miteinander gesprochen. Wenn ich versucht habe, sie anzurufen, ging immer die Mailbox ran, dasselbe gilt, wenn sie mich angerufen hat.

Es ist, als ob unser Timing völlig daneben ist.

Das wäre auch in Ordnung, aber ich muss Sadie sagen, was sie mit Hannah besprechen soll.

Ich schaue an Sadies Wohnung vorbei und bringe zwei Blumensträuße mit.

Allie öffnet die Tür und mustert mich von Kopf bis Fuß. Soll ich die Zustimmung der Kleinen einholen? „Sind die für mich?" Allies Augen leuchten auf.

Ich bin erleichtert, dass ich daran gedacht habe, ihr wieder einen Blumenstrauß mitzubringen, auch wenn sie heute Abend nicht mit uns ausgehen wird. „Die sind für dich", sage ich und reiche ihr den gemischten Strauß. Die Rosen halte ich immer noch in der Hand, weil ich sie Sadie schenken möchte.

Solange wir so tun, als würden wir uns nur für mich verabreden, haben wir uns darauf geeinigt, diese Scharade vor Allie fortzusetzen. Sonst wirft das nur noch mehr Fragen auf. Wir wollen nicht, dass unser Plan nach hinten losgeht.

„Danke", sagt Allie. Ihre Augen leuchten, als sie mir die Blumen abnimmt und in die Küche huscht.

„Ich glaube, du hast schon wieder ihre Zuneigung gewonnen", sagt Sadie, als sie um die Ecke kommt. Sie trägt ein dunkellila Kleid, das ihre Kurven umschmeichelt, und schwarze Stöckelschuhe. Allein die Schuhe machen mich hart, wenn ich mir vorstelle, dass sie nur diese Schuhe trägt.

Ich räuspere mich und versuche, meinen Schwanz zum Schweigen zu bringen. „Die sind für dich", sage ich und reiche ihr die Blumen.

„Sie sind wunderschön, aber das war doch nicht—"

„Ich wollte es", sage ich.

Weiß sie denn nicht, wie besonders sie ist? Wir müssen nicht in einer echten Beziehung sein, damit ich sie zu schätzen weiß.

Nachdem sie den Strauß in die Hand genommen und die Blumen ins Wasser gestellt hat, gehen wir zu meinem Auto. Ich öffne die Beifahrertür und lasse sie einsteigen, bevor ich auf die Fahrerseite eile.

„Nochmals danke, dass du das gemacht hast", sage ich. Ich fahre in den Verkehr und Sadie rückt ihren Rock zurecht. Ihre Finger trommeln auf ihren Beinen.

„Das ist kein Problem. Allie hat vor, sich heute Abend eine neue Serie anzusehen, also hast du mich für dich allein."

Ich wünschte, ich hätte Sadie ganz für mich allein. Das wäre viel angenehmer, als so zu tun, als wären wir beide ein Paar.

„Wir essen mit Luka und Hannah zu Abend", sage ich und informiere sie über die Ereignisse des heutigen Abends. Wir haben weder die Geschichte, wie wir uns kennengelernt haben, noch etwas über unsere Beziehung ausgeheckt. Ich mache mir keine Sorgen. Luka wird wahrscheinlich nicht viel fragen, und wenn er mit Hannahs Denkweise recht hat, wird sie sich auf die bevorstehende Hochzeit konzentrieren, was den heutigen Abend zu einem Kinderspiel machen wird. „Luka ist einer der Männer, mit denen ich zusammenarbeite, und er leitet den Club, in dem ich arbeite."

„Was für ein Club?", fragt Sadie.

Ihre Unschuld ist so heiter und süß. „Es ist ein Stripclub", sage ich und schaue sie kurz an, bevor ich meine Aufmerksamkeit wieder auf die Straße richte.

„Oh." Das muss ich wohl vergessen haben, als ich ihr geschrieben habe, dass ich meinen alten Job wieder habe. Ich bin mir sicher, dass ich ihr erzählt habe, dass ich als Security in einem Club arbeite. Ich bin zwar kein Türsteher, aber ich bewache die Eingangstür, damit niemand ungebetenen Zutritt hat, wie die italienische Mafia oder das kolumbianische Kartell.

Mit denen hatten wir schon mal Ärger. Die Italiener haben unseren Club vor Monaten zerstört, und Mikhail will nicht, dass sich das wiederholt. Meine Aufgabe ist es, dafür zu sorgen, dass alle, die den Club betreten, willkommene Gäste sind.

„Club Sage", sage ich. „Ich bin sicher, dass ich ihn schon einmal erwähnt habe."

„Nur, dass du in einem Club arbeitest", sagt sie, bewegt sich auf den Beifahrersitz und sieht mich an. „Tanzt du manchmal mit den Mädchen aus dem Club?"

„Nein, das wäre höchst unpassend. Außerdem bezahle ich ja nicht für Unterhaltung." Ich fahre an eine rote Ampel. Der Verkehr ist dicht. Die Rushhour scheint in New York City nie zu enden.

„Wie wäre es mit kostenlos?" Ihre Stimme ist sanft und zaghaft. „Geben sie dir jemals einen Tanz, weil sie dich mögen oder etwas von dir wollen?"

„Ich bin nicht an den Mädchen im Club interessiert", sage ich und fixiere sie mit meinem Blick.

Sie atmet scharf ein, und ich schaue zurück auf die Straße, während sich der Verkehr langsam in Bewegung setzt.

Ich schwöre, ich höre einen Hauch von Eifersucht aus ihrer Frage. Aber es sollte keine Rolle spielen, weil wir kein Paar sind und keine echte Beziehung haben. Aber ich habe noch nie über eines der Mädchen im Club nachgedacht.

Sie sind zwar süß, aber die meisten sind zu jung und kaum volljährig. Darauf stehe ich nicht. Ich bevorzuge eine Frau mit etwas mehr Erfahrung und üppigen Kurven. Eine echte Frau, die weiß, was sie will und keine Spielchen spielt.

Während ich mich auf die Straße konzentriere, strecke ich meine Hand aus und verschränke unsere Finger miteinander. „Ist das in Ordnung?", frage ich. Es ist ja nicht so, dass wir nicht schon vor Allie Händchen gehalten hätten, aber das hier ist etwas intimer und weniger ein Händchenhalten unter Freunden.

„Ja", sagt sie. Ihre Stimme knarrt und sie räuspert sich.

„Luka wird nicht glauben, dass wir ein Paar sind, wenn wir uns nicht berühren. Ich neige dazu, den Frauen, mit denen ich ausgehe, Zuneigung entgegenzubringen."

„Du hast also schon andere Frauen mitgebracht, um deine Freunde zu treffen?" Ich schwöre, in ihrem Tonfall liegt ein Hauch von Eifersucht.

„Nein, aber sie haben mich mit anderen Frauen gesehen", sage ich. Ich lasse mich zwar nicht mit den Tänzerinnen im Club ein, aber ich habe mich schon mit einigen Frauen in einer Bar oder im Club getroffen, wenn ich nicht arbeite.

Ich werfe ihr einen kurzen Blick zu, während wir langsam an dem Restaurant vorbeifahren. Es gibt keinen Parkservice und keinen Parkplatz. Das ist keines der Restaurants, die uns gehören, sonst hätte ich einen Platz zum Parken. Ich steuere das nächstgelegene Parkhaus an.

„Es gibt noch eine Sache, die wir nicht besprochen haben."

„Was ist das?", fragt sie.

Ich folge den anderen Autos durch das Parkhaus, bis ich einen Platz gefunden habe. „Ich möchte, dass du Hannah fragst, ob sie den Strand mag."

„Das ist eine komische Frage."

„Ich weiß, aber ich habe es mir mit Luka versaut und jetzt zweifelt er an seinen Flitterwochenplänen. Kannst du mir da helfen?"

„Natürlich", sagt Sadie mit einem warmen Lächeln. Sie drückt meine Hand, bevor wir aus dem SUV steigen.

Gemeinsam gehen wir die paar Blocks zu dem griechischen Restaurant, das Luka ausgesucht hat. „Ich hoffe, das ist in Ordnung", sage ich und öffne Sadie die Tür.

„Ich habe hier noch nie gegessen, aber es riecht lecker", sagt sie, als wir das Restaurant betreten.

Luka sitzt bereits mit Hannah an einem Tisch. Er nickt und Hannah winkt mit einem breiten Grinsen im Gesicht.

Ich lege meine Hand in die von Sadie, als wir durch das Restaurant zu unserem Tisch gehen. Ich lasse sie los und rücke ihr den Stuhl zurecht, damit sie sich setzen kann.

„Danke", sagt sie und grinst mich verlegen an.

„Wow", sagt Hannah und gibt Luka einen Klaps auf den Arm. „Das solltest du auch für mich tun."

„Ich werde dich heiraten, zählt das nicht?", fragt Luka. Er grinst frech, greift nach Hannahs Hand und drückt sie kräftig.

Wir stellen uns kurz vor, während wir uns an den Tisch setzen.

Sadie lächelt warmherzig, wirft einen Blick auf die Speisekarte und bestellt, bevor sie ihre Frage an Hannah richtet. „Wie läuft es mit der Hochzeitsplanung?"

Luka stöhnt und löst seine Hand von der seiner Verlobten, während er nach seinem Wasserglas greift und einen Schluck nimmt. „Ich werde etwas Stärkeres brauchen", murmelt er spielerisch.

Hannah stößt ihn mit dem Ellbogen an. „Ich schwöre, du warst romantischer, bevor du mir einen Antrag gemacht hast."

„Ihr zwei seid süß zusammen", sagt Sadie mit einem warmen Lächeln im Gesicht. Das Mädchen passt perfekt zu ihm, als wäre sie für diese Rolle gecastet worden und hätte ihr ganzes Leben darauf gewartet, sie zu spielen. „Wie habt ihr euch kennengelernt?"

„Das ist eine lange Geschichte", sagt Hannah und lacht. „Wir haben uns kennengelert, waren zusammen, haben uns aber eine Zeit lang nicht wiedergesehen."

„Unsere Sohn Zion war zwei, als ich sie kennenlernte."

„Das ist nicht meine Schuld. Ich wusste nicht, wie ich dich finden sollte, aber ich habe es versucht." Hannahs Augen werden groß und Luka beugt sich vor, um ihr einen Kuss auf die Lippen zu drücken.

„Ich weiß, *Zaya*."

Ich wende meinen Blick ab, und Sadie greift nach meiner Hand und verschränkt unsere Finger. Das Mädchen lässt nichts anbrennen.

„Habt ihr schon über Kinder gesprochen?", fragt Hannah, um das Thema zu wechseln.

„Ich habe eine Tochter", sagt Sadie. „Sie ist gerade dreizehn geworden."

„Oh wow, ein Teenager oder das, was ich gerne einen integrierten Babysitter nennen würde. Kann ich ihre Nummer haben?" fragt Hannah.

Sadie kichert. „Sie hat kein Handy, aber ich kann dir meine Nummer geben und sie koordinieren."

Hannah holt ihr Handy heraus und ist bereit, die Informationen entgegenzunehmen.

Ich sehe Sadie an. Sie muss das nicht tun. Würde es die Sache nicht verkomplizieren, wenn wir uns trennen? Sie lächelt mich beruhigend an, und die Mädchen tauschen ihre Telefonnummern aus.

„Also, wer passt auf Zion auf, während du in den Flitterwochen bist?", frage ich.

„Wir haben besprochen, ein Kindermädchen ins Haus zu holen, das auf Bay aufpasst, während wir weg sind. Wir haben auch sehr enge Freunde, die sich um sie kümmern", sagt Hannah.

„Wir haben darüber gesprochen, aber es ist nichts passiert", sagt Luka. „Wir können Bay nicht bei einem Fremden abladen. Sie benötigt Zeit, um die neue Nanny kennenzulernen."

„Ich weiß. Deshalb hat Madisyn auch angeboten zu helfen."

„Und ich bin mir sicher, dass Allie gerne nach der Schule rüberkommen und mit Bay spielen würde. Dmitri hat erwähnt, dass ihr beide am Labor Day Wochenende heiraten werdet."

„Das stimmt", sagt Hannah. „Und dann fliegen wir für zwei Wochen in die Flitterwochen nach Jamaika."

„Das klingt großartig", sagt Sadie. „Ich wette, du bist ein Strandmädchen. Sand. Sonne. Surfen?"

„Ich schwimme gerne, aber ich war noch nie surfen. Können wir das auf Jamaika nachholen?"

„Wir werden sehen", sagt Luka mit einem Lachen und einem breiten Grinsen. Es ist, als ob die Anspannung von ihm abgefallen wäre.

„Was ist mit euch beiden?", fragt Hannah. „Luka hat mir nicht erzählt, wie ihr euch kennengelernt habt."

Ich schaue Sadie an und antworte, bevor sie sich eine Geschichte ausdenken kann. „Sadie kam vom Weg ab und hat sich beim Joggen im Wald verlaufen. Sie stolperte über mich, nachdem ich angeschossen worden war." Die Geschichte ist nahe an der Wahrheit, aber ich will nicht, dass Luka oder jemand anderes in der Bratva den Verdacht hat, dass sie etwas gesehen haben könnte.

„Es wäre gefährlich gewesen, sich im Wald zu verirren", sagt Hannah. „Siehst du, deshalb laufe ich nicht weg."

„Ich weiß nicht. Du läufst Bay oft hinterher", sagt Luka.

„Das habe ich getan, als sie ein Kleinkind war. In den letzten Monaten ist es viel besser geworden, dass du da bist hat ihr geholfen."

Sie starren sich in die Augen und vergessen dabei, dass Sadie und ich am selben Tisch sitzen. „Nehmt euch ein Zimmer", murmele ich vor mich hin.

Sadie kichert über meine Bemerkung. „Du denkst doch nicht so über mich?", stichelt sie.

„Oh doch, *Malishka*", flüstere ich und meine Finger wandern unter den Tisch und legen sich auf ihr Knie.

Ich schwöre, ich höre die Frau schnurren und mein Schwanz zuckt bei dem Geräusch, das sie macht.

„Was du alles mit mir machst", knurre ich sie an.

Sadie räuspert sich und während sie mich anstarrt, nickt sie dem Pärchen zu, mit dem wir essen, als ob sie sich für unseren kleinen intimen Moment interessieren würden.

Luka starrt mich an, mit einem breiten Grinsen im Gesicht. „Und was hast du gesagt?"

Er macht sich über mich lustig. Es stellt sich heraus, dass er meine Bemerkung gehört hat, dass die beiden sich ein Zimmer nehmen sollen. Ich würde gerne ein Hotelzimmer mit Sadie nehmen, um ihren Körper zu verehren und die ganze Nacht Zeit zu haben, sie wild zu machen und meinen Schwanz in ihr zu vergraben. Aber wir können ihre Tochter nicht die ganze Nacht allein zu Hause lassen.

Niemand hat mir gesagt, dass es schwierig werden würde, wenn ich mit einer Frau mit Kind ausgehe.

Ich rutsche unruhig auf dem Stuhl hin und her. Ich muss das Gespräch auf etwas lenken, das meinen Schwanz zumindest für eine Weile wieder zum Schlafen bringt. Obwohl das dunkelviolette Kleid, das Sadie trägt, und das tiefe Dekolleté nicht gerade hilfreich sind.

Sie sieht einfach umwerfend und strahlend aus.

Ich bin erleichtert, als die Kellnerin unser Essen an den Tisch bringt.

„Alles sieht köstlich aus", sagt Sadie.

Wir stürzen uns auf unser Essen, wobei das Gespräch kurzzeitig in den Hintergrund rückt.

„Möchte jemand Nachtisch?", frage ich und fixiere Sadie mit meinem Blick. Ich habe ohnehin schon zu viel gegessen, aber ich will jede Ausrede nutzen, um noch ein paar Minuten mit unserem Fake-Date zu verbringen, das sich echt anfühlt.

„Ich teile mir den Nachtisch mit dir", sagt sie mit tiefer und rauer Stimme.

Mein Schwanz zuckt in meiner Hose. Ich möchte meine Krawatte lockern. Der Raum ist stickig. Hat jemand die Heizung aufgedreht?

„Sadie, was machst du beruflich?", fragt Hannah.

Die Kellnerin räumt das Geschirr von unserem Tisch ab und bringt uns zwei Dessertkarten, auf die wir einen Blick werfen.

„Ich bin Barkeeperin."

„Du hast mir nicht gesagt, dass du einen neuen Job gefunden hast", sage ich.

Sie zwingt sich zu einem Lächeln und korrigiert mich schnell. „Ja, ich habe erst vor Kurzem angefangen."

„Wo denn? Wir können ja auf einen Drink vorbeikommen", sagt Luka.

Ich greife nach meinem Glas Wasser, mein Mund ist trocken. Am liebsten würde ich dort vorbeischauen, wo sie arbeitet, und sie auf den Arm nehmen. Flirten. Verführen.

„Moretti's", sagt sie.

Ich verschlucke mich an meinem Wasser und stelle das Glas hart auf den Tisch. Ist sie Barkeeperin in der Bar von Antonio Moretti? Er ist der Boss der italienischen Mafia! „Du arbeitest nicht für ihn." Mein Tonfall trieft vor Abscheu.

„Was? Warum nicht?"

Ich kann Luka und Hannah nicht einmal ansehen. Aber ich spüre ihre hitzigen Blicke, die mich durchbohren. Ich nicke Sadie zu, damit sie mich vom Tisch mit unseren Freunden weg begleitet.

Sie zieht ihre Stirn zusammen und legt ihre Stoffserviette auf den Tisch, während sie aufsteht. Sie begleitet mich in den hinteren Teil des Restaurants, in den Flur, direkt vor die Toiletten.

„Du kannst nicht für Antonio Moretti arbeiten."

„Kennst du ihn?", fragt Sadie. Das Mädchen weiß nicht, wie tief sie in die Mafia hineingeraten ist.

„Er ist der Boss der italienischen Mafia", schimpfe ich. Ich fahre mir mit einer Hand durch die Haare. Mein Herz hämmert gegen meinen Brustkorb. Die Wut pulsiert in mir. „Wie lange?"

„Was?" Sie runzelt die Stirn, unsicher über meine Frage.

„Wie lange arbeitest du schon für ihn?"

„Nur ein paar Tage. Ich benötigte einen Job und habe gesehen, dass die Bar Leute einstellt und viel zu tun hat. Die Bezahlung ist anständig und das Trinkgeld deckt alle meine Ausgaben und noch einiges mehr."

Als ob ich Moretti deswegen plötzlich schätzen würde.

„Nein", sage ich.

„Nein, was?", fragt Sadie. Sie verschränkt ihre Arme vor der Brust.

„Du wirst nicht für die Familie Moretti arbeiten. Er wird dich besitzen."

Sadie rollt mit den Augen. Sie begreift den Ernst der Lage nicht. „Ich arbeite schon für ihn, Dmitri. Das ist keine große Sache. Was immer du denkst, was er tut, das Geschäft, was er betreibt, ist sauber. Es ist legitim und sicher. Mir geht es gut. Du musst dich beruhigen."

Sie dreht sich um und geht zurück, vermutlich zum Tisch. Ich packe sie an der Taille und drehe sie zu mir. „Wir sind hier noch nicht fertig."

„Doch, das bin ich. Hör auf, mich zu bedrängen", sagt Sadie und befreit sich aus meinem Griff.

Sie eilt zurück zum Tisch, öffnet ihr Portemonnaie, legt ein paar Dollar für ihr Essen auf den Tisch und verschwindet durch die Vordertür.

„Scheiße!"

NEUN

SADIE

Für wen hält er sich eigentlich, dass er mir vorschreibt, was ich zu tun und zu lassen habe?

Dmitri hat keine Kontrolle über mich.

Er hat kein Mitspracherecht, wo ich arbeite.

Wir sind ja nicht einmal zusammen! Ich bin wütend. Mein Inneres kocht, und nachdem ich genügend Geld auf den Tisch gelegt habe, um mein Abendessen zu bezahlen, verlasse ich das Restaurant fluchtartig.

Antonio Moretti, die italienische Mafia? Ich kann es nicht glauben.

Ja, er ist Italiener, aber nur weil er italienischer Abstammung ist, heißt das nicht automatisch, dass er für die Mafia arbeitet.

Ich habe erst ein paar Mal in der Bar gearbeitet. Ich habe nichts gesehen, was Dmitris Geschichte oder etwas Zwielichtiges beweist.

Antonio ist kaum in der Bar anzutreffen. Ich habe ihn am Tag meines Vorstellungsgesprächs getroffen; das war das letzte Mal, dass ich ihn gesehen habe.

Aber das hat nichts zu bedeuten.

Wahrscheinlich beschäftigt er sich mit anderen Projekten, oder kümmert sich außerhalb der Stoßzeiten um andere geschäftliche Angelegenheiten. Er könnte eine zweite Bar oder einen Club leiten.

Dmitri muss aus meinem Kopf verschwinden. Ich gehe zurück in die Richtung meiner Wohnung. Es ist zu weit, um den ganzen Weg zu laufen, aber ich bin aufgewühlt und benötige den Weg, um meine grenzenlose Energie loszuwerden.

Ich bin schon um einige Blocks gelaufen, als ein schwarzer Geländewagen neben mir anhält. Das hintere Fenster wird heruntergekurbelt.

Antonio Moretti sitzt hinter dem Fahrersitz, während er sich von jemandem herumchauffieren lässt. Er blickt zu mir herüber. „Es ist schon spät, Sadie. Lass mich dich mitnehmen."

Ich beiße mir auf die Zunge. Von Dmitri ist nichts zu sehen, aber das ist auch egal. Er hat mir seinen Standpunkt dargelegt und ich meinen genauso deutlich.

„Kannst du mich an meiner Wohnung absetzen?", frage ich und gehe auf den SUV zu.

„Natürlich, gib dem Fahrer einfach deine Adresse", sagt Antonio.

Dmitri hat den Verstand verloren.

Dieser Mann ist auf keinen Fall bei der italienischen Mafia.

Vielleicht ist es ein anderer Antonio Moretti, oder Dmitri hat einfach nur Wahnvorstellungen. Ich öffne die Hintertür, gebe dem Fahrer meine Adresse und schlüpfe neben Antonio in den Wagen.

„Ich muss sagen, ich bin überrascht, dass du um diese Uhrzeit allein unterwegs bist und ziemlich weit weg von deinem Zuhause, denn die U-Bahn fährt in die andere Richtung.

Antonio ist ein guter Beobachter. Das muss ich ihm lassen.

„Schlechtes Date", sage ich und möchte nicht weiter darauf eingehen.

Er gluckst und nickt wissend. „Ich erinnere mich an die Zeit, bevor ich meine *Tesorina* geheiratet habe und sesshaft wurde", sagt er.

Ich schaue auf seine Hand und bemerke den Ehering.

Wenn das, was Dmitri gesagt hat, wahr wäre und Antonio der Kopf der italienischen Mafia ist, welche Frau würde ihn heiraten? Nach Dmitris Definition wäre er ein Monster.

Ich kann ihn nicht fragen, ob er für die Mafia arbeitet. Selbst wenn er es tut, wird er sich nicht outen. Männer wie er sind wegen ihrer zwielichtigen Geschäfte verschwiegen.

„Was führt dich hierher?", frage ich und tue so, als ob ich Smalltalk führen wollte. Gelegentlich werfe ich einen Blick aus dem Fenster, um mich zu vergewissern, dass wir in die richtige Richtung zu meiner Wohnung fahren.

Ich bin paranoid. Ich gebe Dmitri die Schuld für meine lächerlichen Sorgen.

„Ich habe gerade meine Tochter Sophia zu einer Übernachtung gebracht.“

Wenn nicht gerade Sommer wäre, würde ich mich fragen, welche Eltern ihr Kind montagabends zu einer Übernachtung absetzen, aber Allie hat noch ein paar Wochen schulfrei und Sophia sicher auch.

„Wie alt ist Sophia?“, frage ich.

„Sie ist gerade fünf geworden. Die Zwillinge werden so schnell erwachsen“, sagt Antonio.

„Zwillinge?“ Ich lache. „Ich kann mir nicht vorstellen, zwei in diesem Alter zu haben. Meine Tochter ist dreizehn, und ich schwöre, mehr schaffe ich nicht. Ein Teenager nach dem anderen.“

„Ich habe viel Hilfe von meiner Frau Aleksandra.“

„Das ist wunderbar“, sage ich. So wie er spricht, ist es klar, dass er Aleksandra bewundert. Ich kann mir nicht vorstellen, dass ein Mann wie er das Monster ist, für das Dmitri ihn hält.

Wir biegen um die Ecke, als wir uns meiner Wohnung nähern. „Ich frage das nur ungern", sagt Antonio. „Aber macht es dir etwas aus, wenn ich dein Bad benutze? Ich schwöre, es dauert nur eine Minute."

Ich öffne meinen Mund. Etwas sagt mir, dass ich nein sagen sollte, aber ich finde keinen logischen Grund, ihn abzuweisen.

Er ist nicht im Geringsten aufdringlich oder brutal.

Antonio scheint harmlos zu sein. „Ja, natürlich. Du musst nur die Unordnung entschuldigen. Ich bin sicher, meine Tochter Allie hat alle Snacks auf dem Couchtisch und in der Küche verteilt. Sie sieht sich gerade ihre neue Lieblings-Reality-Show an."

Der Fahrer hält vor dem Gebäude an. Er lässt das Fahrzeug laufen, steigt aus und öffnet mir die Hintertür. Ich steige zuerst auf den Bürgersteig und warte darauf, dass Antonio mir folgt.

„Was ist das für eine Sendung?", fragt Antonio.

„Gibt es nicht so viele, bei denen man den Überblick behalten muss? Love Villa." Ich hole die Schlüssel aus meiner Handtasche und schließe den

Haupteingang auf. Wir gehen zum Aufzug und ich drücke den Knopf für den sechsten Stock.

„Aleksandra liebt diese Serie", sagt Antonio. „Obwohl sie wegen der Zwillinge Schwierigkeiten hat, sie zusehen . Wir haben uns darauf geeinigt, zu überwachen, was sie schauen."

„Das ist klug, vor allem, wenn sie noch so jung sind." Als wir den sechsten Stock erreichen, verlasse ich den Aufzug und er folgt mir. Ich schließe die Wohnung auf und lasse ihn hinein.

„Du bist früh zu Hause—", sagt Allie und wirft einen stirnrunzelnden Blick hinter mich. Sie erkennt Antonio nicht, warum sollte sie auch? Sie ist zu jung, um in eine Bar zu gehen. Ich habe ihr zwar gesagt, dass ich den Job gewechselt habe, bin aber nicht näher darauf eingegangen.

Ich führe Antonio ins Bad und schalte das Licht an. „Hier, bitte", sage ich.

Er betritt das Bad und schließt die Tür hinter sich.

„Wer ist er?", fragt Allie mit leiser Stimme. „Wo ist dein Freund?"

„Lange Geschichte", sage ich und schaue von Allie zurück zum Bad. Der Ventilator läuft, sodass ich nichts aus dem kleinen Raum hören kann. Nicht, dass ich hören will, wie er die Toilette benutzt, aber nach dem, was Dmitri gesagt hat, ist mein Magen wie verknotet.

Warum musste er in meinen Kopf eindringen?

„Du bist mir Details schuldig", sagt Allie. „Wenn ich einen fremden Mann mit nach Hause bringen würde, würdest du auch eine Erklärung verlangen."

Sie hat recht, aber ich bin erwachsen. Ich bin ihr die Wahrheit schuldig, zumindest teilweise.

Die Badezimmertür öffnet sich und Antonio kommt wieder heraus. „Danke", sagt er und lächelt mich an. Ich kann nicht sagen, ob es gezwungen oder echt ist. Ich kenne ihn nicht gut genug, um ihn zu durchschauen, aber er hat mir keinen Grund gegeben, ihm zu misstrauen.

Dmitri ist paranoid.

„Wir sehen uns morgen bei der Arbeit", sagt Antonio, als ich ihn zur Wohnungstür begleite.

„Danke, dass du mich nach Hause gebracht hast." Ich begleite ihn zur Tür und schließe sie hinter ihm ab, als er gegangen ist.

Allie unterbricht ihre Sendung, dreht sich zu mir um, und erwartet eine Erklärung. „Was ist bei deinem Date passiert? Warum hat dich der mysteriöse Mann von der Arbeit mit nach Hause genommen?"

„Hast du das gehört?" Ich muss etwas vorsichtiger sein, wenn ich nicht möchte, dass Allie etwas mitbekommt.

„Komm schon, Mom. Du würdest mich in Erklärungsnot bringen."

„Bei meinem Date mit Dmitri ist etwas schief gelaufen." Ich will Allie nicht sagen, warum, sonst macht sie sich Sorgen um mich, wenn ich Antonio morgen Abend auf der Arbeit sehe.

„Schief gelaufen? Das heißt, ihr habt euch getrennt?"

„Ich weiß es nicht", sage ich. Ich schlüpfe aus meinen Stöckelschuhen und lasse mich neben meiner Tochter auf die Couch sinken. „Es ist kompliziert."

Es hat keinen Sinn, ihr zu sagen, dass die Trennung unvermeidlich war, da wir nicht zusammen waren.

Was wird er von mir erwarten? Wird er immer noch wollen, dass ich zur Hochzeit seines Freundes gehe? Es scheint sinnlos, da dieser Freund unseren Streit gesehen hat.

Ich lehne meinen Kopf zurück auf das Sofa und schließe die Augen. „Ich hasse Männer."

„Sag das nicht. Dein Arbeitskollege scheint nett zu sein", sagt Allie.

Ich sehe sie an, und sie grinst breit.

„Er ist verheiratet." Ich erwähne nicht, dass er zwei Kinder hat. Die Tatsache, dass er verheiratet ist, reicht aus, um mich davon abzuhalten, Interesse an ihm zu zeigen.

„Also, was ist mit deinem Freund passiert?", fragt Allie.

Das Mädchen ist hartnäckig.

„Musst du nicht deine Sendung ansehen?" Ich zeige auf den Fernseher.

„Auf keinen Fall, das hier ist viel interessanter. Das echte Leben ist viel intensiver." Sie wackelt mit den Augenbrauen. „Spuck's aus."

Ich kann meiner dreizehnjährigen Tochter nicht sagen, dass mein falscher Freund darauf besteht, dass ich für einen Mafiaboss arbeite. In meinem Kopf hört es sich verrückt an, und wenn ich es laut sage, wird es nur noch verrückter.

„Er ist verrückt", sage ich. „Dmitri muss verrückt sein." Das ist die einzige Erklärung, die ich akzeptiere, denn wenn er recht hat, habe ich Antonio bereits gezeigt, wo ich wohne, und er hat meine Tochter kurz kennengelernt. In meiner Wut auf Dmitri habe ich nicht klar über meine Familie nachgedacht.

Mein Telefon summt.

Es ist Dmitri.

„Willst du nicht rangehen?", fragt Allie. Sie starrt auf mein Handy und grinst noch breiter, als würde sie sich freuen, dass ich leide. Ich weiß, dass das nicht der Fall ist, aber es fühlt sich auf jeden Fall so an.

Ich stöhne und gehe aus dem Wohnzimmer. Ich brauche Privatsphäre, wenn ich mit ihm reden will.

Ich gehe in mein Schlafzimmer und schließe die Tür. Ich benötige eine Sekunde, um mich wieder zu fassen, bevor ich seinen Anruf annehme.

„Was willst du, Dmitri?", frage ich.

Wenn er anruft, um sich zu entschuldigen, bin ich nicht bereit, es zu hören.

„Wo zum Teufel bist du? Es ist spät und ich bin schon ein Dutzend Mal herumgefahren, um dich zu finden."

„Ich bin zu Hause."

„Zu Hause? Wie bist du nach Hause gekommen?" Er hält einen Moment inne. „Du hast nicht die U-Bahn genommen. Hannah ist in diese Richtung gegangen und hat den Zug genommen. Hast du ein Taxi genommen", antwortet er auf die Frage, wie ich nach Hause gekommen bin.

„Nein, jemand hat mich mitgenommen."

Ich werde ihn nicht anlügen.

„Du bist zu einem Fremden ins Auto gestiegen?"

„Er war kein Fremder", sage ich. „Außerdem hast du deutlich gemacht, dass du denkst, du könntest mich an die Leine nehmen und mir sagen, für wen ich arbeiten darf und für wen nicht. Nun, da liegst du falsch. Diese Scheinbeziehung ist offiziell vorbei."

Ich beende den Anruf und weigere mich, weiter mit Dmitri zu streiten. Wir sind nicht zusammen, es ist vorbei, wir sind kein Paar.

Ich schalte mein Telefon aus, da ich keine weiteren Anrufe oder SMS von ihm erhalten möchte. Ich lasse es auf meinem Nachttisch liegen, um nicht mehr in Versuchung zukommen, bevor ich zu Allie ins Wohnzimmer zurückkehre.

„Hat er sich entschuldigt?", fragt Allie und beobachtet mich, während ich durch den Raum schlendere und mich neben sie setze.

„Nein, aber ich habe ihm auch keine Zeit dazu gelassen. Es ist vorbei."

„Ich dachte, du magst ihn wirklich?" Allies runzelt die Stirn, als sie mich anstarrt.

Wartet sie darauf, dass ich anfange zu weinen?

So lange sind wir noch nicht zusammen. Zum Teufel, wir waren nicht einmal mehr als Freunde mit Zusatzleistungen. Ja, ich werde den Sex vermissen, aber das ist nichts, was ich nicht mit einem neuen Vibrator befriedigen könnte. Dmitri ist eine Million Mal besser als jeder andere Vibrator, den ich je besessen habe, aber das ist die Kopfschmerzen nicht wert.

Was wir hatten, war nicht einmal echt.

„Mach deine Sendung wieder an", sage ich und ziehe meine Beine auf dem Sofa hoch. Ich trauere innerlich, der plötzliche Verlust von was?

Er gehörte mir nicht.

Ich brauche Ablenkung, und vielleicht kann Allies Sendung mich Dmitri vergessen lassen, wenn auch nur für ein paar Stunden.

Ich döse auf der Couch ein.

Es klingelt an der Wohnungstür und weckt mich aus dem Schlaf.

„Das verstehe ich nicht", murmle ich und reibe mir die Augen.

Allie unterbricht ihre Sendung.

„Wie spät ist es?", frage ich. Wie lange habe ich schon geschlafen?

„Fast Mitternacht." Sie weiß, dass sie eigentlich schon im Bett sein sollte, aber sie ist mit einer extra langen Nacht davongekommen, weil ich auf der Couch eingeschlafen bin.

Die Klingel ertönt erneut.

Ich stöhne auf, stehe auf und gehe zur Tür. Ich drücke den Knopf, um zu kommunizieren. „Was?" Ich bin mürrisch, und er stellt meine Geduld auf die Probe.

Ich nehme an, es ist Dmitri. Wer sonst würde an einem Montagabend um Mitternacht an meiner Wohnung vorbeischauen?

„Können wir reden?", fragt Dmitri. Seine Stimme ist ruhig, viel ruhiger, als ich erwartet hätte.

„Ruf mein Telefon an."

„Es geht direkt die Mailbox ran. Dein Telefon ist ausgeschaltet."

„Ja, ich weiß. Ich wollte nicht mit dir reden." Kann der Mann nicht einen Hinweis verstehen?

„Ich will es dir erklären. Bitte, Sadie, gib mir fünf Minuten. Danach gehe ich, und du musst mich nie wieder sehen."

Allie schaut vom Sofa aus zu. Sie hat den Fernseher ausgeschaltet, weil es schon spät ist und sie erwischt wurde, aber sie ist noch nicht ins Bett gegangen.

„Fünf Minuten." Ich drücke den Knopf und lasse ihn in das Haus.

„Du lässt ihn rein? Ich dachte, du hasst ihn", sagt Allie.

„Schlafenszeit." Ich zeige in Richtung ihres Schlafzimmers.

Allie stöhnt und lässt die Fernbedienung auf das Sofa fallen. „Na gut. Du bist nicht lustig, wenn du mürrisch bist." Sie quengelt den ganzen Weg zu ihrem Zimmer und ich erwarte, dass sie die Tür schließt, aber das tut sie nicht.

Das Kind versucht, uns zu belauschen.

Wunderbar.

Privatsphäre ist ein Luxus, den ich nicht habe. Wenn ich mit Dmitri im Flur vor meiner Wohnung spreche, werden meine Nachbarn alles mithören.

Ich will ihn nicht verführen, indem ich vorschlage, dass wir im Schlafzimmer reden.

Es klopft leise an der Tür und ich schließe sie auf, um Dmitri hereinzulassen. „Was?", frage ich und verschränke meine Arme vor der Brust. Ich bin müde und nicht in der Stimmung, mich mit seiner Besitzergreifung auseinanderzusetzen.

Mit zusammengekniffenen Augenbrauen schlendert er auf mich zu. „Ich habe mir heute Abend Sorgen um dich gemacht."

„Mir geht es gut." Ich gehe einen Schritt zurück, um genügend Abstand zwischen uns zu halten. Ich kann gut mit Abstand umgehen und eine Mauer um mein Herz errichten. Ich habe das jahrelang geübt.

„Wenn es vorbei ist, ist das in Ordnung, das kann ich akzeptieren, aber ich werde nicht akzeptieren, dass du für ihn arbeitest."

„Bist du eifersüchtig? Denn ich kann nicht verstehen, warum es dich interessiert, für wen ich arbeite."

„Antonio ist ein Monster. Er ist für Dutzende von Verbrechen verantwortlich. Er ist nicht nur ein kleiner Ganove, Sadie. Der Mann ist hinterhältig und wird dich mit in den Abgrund reißen."

Ich setze mich auf den Stuhl gegenüber dem Sofa, wo es nur einen Platz gibt, und zwinge Dmitri, mir gegenüberzustehen oder zu sitzen, um Abstand zwischen uns zu halten.

„Ich habe nicht vor, etwas Illegales zu tun", sage ich. „Vorausgesetzt, das, was du sagst, ist wahr."

„Das ist es." Er tritt näher heran. „Ich kann dir versichern, dass es hundertprozentig die Wahrheit ist. Er ist kein guter Mensch."

Ich lache leise vor mich hin. „Verdammt, Dmitri. Ich bin nicht mit ihm zusammen. Es ist nur ein Job. Warum interessiert es dich so sehr, für wen ich arbeite?"

Er atmet scharf ein, antwortet aber nicht sofort. „Er ist gefährlich und ich möchte nicht, dass du in seine schmutzigen Geschäfte verwickelt wirst. Er wird dich zu Fall bringen und dich für seine Verbrechen verantwortlich machen."

„Ich bin Barkeeper, mehr nicht", sage ich und betone, dass ich in nichts Illegales verwickelt bin. „An der Tür steht ein Türsteher, der die Ausweise kontrolliert. Ich kümmere mich nicht um die Bücher oder Zahlen. Ich bin nicht in den Handel mit

Drogen, Waffen oder was auch immer du glaubst, dass er schmuggelt und dealt, verwickelt."

Er tritt näher und meine Knie stoßen gegen seine Beine. „Ich will nicht, dass du verletzt wirst oder dass er sich an deiner Familie vergreift. Weiß er, dass du eine Tochter hast?"

„Du reagierst über." Ich hoffe, dass er sich irrt, dass Antonio nicht mehr als ein Familienvater ist und Dmitri ihn mit jemandem verwechselt hat.

„Ich wünschte, ich würde es."

„Ist das alles?", frage ich und warte darauf, dass er mir heute Abend eine weitere Bombe präsentiert.

„Das Abendessen heute Abend war ein kleines Desaster. Luka und Hannah fragen, was passiert ist. Du musst das zu Ende bringen, worauf wir uns geeinigt haben. Zwei weitere Dates."

ZEHN

DMITRI

Was für ein verdammtes Desaster.

Als Sadie ihren neuen Job in der Moretti's Bar ankündigte, hätte sie genauso gut vom Dach schreien können, dass sie für die italienische Mafia arbeitet.

So kann man mich verarschen.

Wenn sie das Date nicht wollte, hätte sie das nur sagen müssen.

Aber die italienische Mafia?

Sie ist unser größter Feind.

Nicht, dass sie weiß, dass ich für die russische Bratva arbeite. Ich habe gut daran getan, mein Geheimnis zu bewahren. Nachdem ich bei ihrer Wohnung vorbeigeschaut und festgestellt habe, dass das Mädchen noch sturer ist als ich, bleibt mir nur noch eine Möglichkeit.

Eine Wache vor ihrem Haus aufstellen und sie ständig überwachen zu lassen. Das ist nicht nur mein Befehl. Mikhail verlangt auch die Beschattung. Er will sich vergewissern, dass sie mich nicht ausnutzt und die Geheimnisse, die sie zu wissen glaubt, an die Italiener weitergibt.

Aber ich habe ihr nichts verraten.

Trotzdem bin ich froh, dass sie einen Wachmann hat, der ihr Haus bewacht. Ich fühle mich besser, wenn ich weiß, dass sie in Sicherheit ist und Allie nichts passiert.

Bei Sadie halte ich mich zurück. Das ist gar nicht so schwer, wenn man bedenkt, dass ich fünf Nächte arbeiten muss und die anderen beiden nach Informationen über Antons Aufenthaltsort suche.

Ein Mann wie Anton verschwindet nicht einfach.

Seine Verbindungen sind die gleichen wie die von Mikhail und der Bratva. Mit Savannah spurlos zu verschwinden, ist unerhört, aber nicht unmöglich.

Er hatte Hilfe.

Aber von wem?

Die Fragen spuken mir im Kopf herum und lassen mich nachts hin und her wälzen. Wenn es nicht die Gedanken an Sadie sind, die mich wach halten, dann ist es die Tatsache, dass ich für tot gehalten und Nikita ins Krankenhaus gefahren wurde.

Etwas stimmt nicht.

Ich kann die Ressourcen der Bratva nicht nutzen, ohne dass Mikhail davon erfährt. Am Nachmittag gehe ich in ein lokales Internetcafé und nutze die Ressourcen, um einen Privatdetektiv zu engagieren. Ich gebe ihm so viele Informationen über Anton und Savannah, wie ich kann, und benutze ein Wegwerfhandy, um mit ihm zu kommunizieren.

Ich möchte nicht, dass etwas zu mir zurückverfolgt werden kann.

Ich bin unsicher, was ich tun soll, wenn wir Anton finden, aber ich brauche Antworten.

Erschöpft reibe ich mir den Schlaf aus den Augen und zwinge mich mit einem doppelten Espresso zum Aufwachen. Ich nippe an dem brühendheißen Kaffee und verlasse das Café. Als ich um die Ecke biege, stoße ich mit Sadie zusammen.

„Verfolgst du mich?"

„Nein, ich habe gearbeitet", sage ich.

Sie blickt sich um. „Dein Club ist nicht hier in der Nähe."

Ich starre in ihren durchdringenden Blick und nippe an meinem Espresso. „Woher willst du das wissen?" Ich bin mir sicher, dass ich ihr erzählt habe, dass ich im Club Sage arbeite, aber ich habe ihr nie den Ort verraten. Ich bezweifle, dass sie es wusste, ohne es nachzusehen.

Sie antwortet nicht auf meine Frage. „Es ist zwei Uhr nachmittags. Was hast du wirklich vor?" Sie mustert mich von Kopf bis Fuß und bemerkt meinen Kaffeebecher. „Ein Internetcafé?" Sie zieht die Stirn in Falten.

„Ich recherchiere nur ein wenig."

„Und du hast keinen Computer zu Hause? Ich dachte, du wärst Bearded Bad Boy", sagt sie, und ich atme scharf ein.

„Bin ich auch", sage ich und bestätige ihren Verdacht. Sie hat ja keine Ahnung, dass ich die Spielkonsole benutze, um mit Waffen, Drogen und so weiter zu handeln—was auch immer Mikhail von mir verlangt. Die Gespräche sind nicht zurückzuverfolgen. Es ist die perfekte Plattform, um keinen Verdacht zu erregen. „Mein Laptop wird in der Werkstatt repariert, also muss ich hierherkommen, bis die Reparatur abgeschlossen ist."

Sie nickt, scheinbar zufrieden mit meiner Erklärung.

Obwohl es schon Nachmittag ist, sind die Straßen relativ voll und die Menschen wuseln durch die Stadt. Ich sehe Ivan, der von der anderen Straßenseite aus zusieht. Sadie hat ihn nicht bemerkt und ich drehe mich so, dass sie mit dem Rücken zu ihm steht, damit sie nicht sieht, dass er uns beobachtet.

„Wie geht es Allie?", frage ich, um das Thema zu wechseln.

„Sie mag dich. Sie hält dich für einen Idioten, weil du dich nicht entschuldigst und mir Dutzende von Blumensträußen, Pralinen und so weiter geschickt hast."

Ich kann nicht sagen, ob sie mich auf den Arm nehmen will. „Ich werde es mir merken."

„Geht es dir gut?", fragt sie, bevor sie ihre Lippen zusammenrollt. Möchte sie mich noch etwas anderes fragen?

„Warum sollte es mir nicht gut gehen? Es war doch nur eine Scheinbeziehung." Ich erzwinge ein Lachen.

„Das meine ich nicht", sagt sie und kommt näher. Sie nimmt meine Hand, die nicht den Kaffeebecher hält, und drückt sie. „Du wurdest angeschossen, Dmitri. Ich kann nicht anders, als mir Sorgen zu machen, wer dir das angetan hat und ob sie zurückkommen, um den Job zu beenden. Ihre Augenbrauen sind zusammengezogen und sie beißt sich auf die Unterlippe.

„Um mich musst du dir keine Sorgen machen. Ich kann auf mich selbst aufpassen."

„Kannst du das? Ich habe dich nämlich angeschossen im Wald gefunden und du wärst verblutet, wenn ich nicht um Hilfe gerufen hätte." In ihrem Tonfall schwingt Sorge mit, und sie drückt meine Hand. Ich weiß nicht, warum sie sich Sorgen macht.

„Das weißt du doch gar nicht", sage ich. „Ich hätte zum nächsten Weg kriechen und jemanden darauf aufmerksam machen können."

„Du hast dich nicht mehr gerührt, als ich zu dir hinlief."

Ich muss ihren Worten glauben schenken, denn ich kann mich an nichts mehr erinnern, nachdem wir in den Wald gefahren sind. Der Rest ist verschwommen—eine mentale Blockade.

„Ich erinnere mich nicht", sage ich und schaue ihr besorgt in die Augen. „Aber mir geht es gut. Es war alles ein Missverständnis."

„War es das?", fragt Sadie. „Weil du eine Menge über die Italiener weißt." Sie spricht leise und lehnt sich an mich, um sicherzugehen, dass uns niemand belauschen kann. Aber draußen ist es laut und angesichts des Verkehrs und den Dutzenden von

Fußgängern, die vorbeirauschen, kann ich sie kaum hören, obwohl ich direkt neben ihr stehe.

„Was sagst du da?", frage ich.

„Hat die Mafia auf dich geschossen?", fragt Sadie. Ihre Augen sind voller Sorge.

Es wäre ein Leichtes, sie anzulügen und es Antonio und seinen Männern in die Schuhe zu schieben. Vielleicht würde sie auf mich hören, diese blöde Bar verlassen und für uns arbeiten.

Der Gedanke, dass sie im Club Sage arbeiten könnte, selbst als Barkeeperin, lässt mich zusammenzucken. Ich will nicht, dass Nikita oder Mikhail auf die Idee kommen, sie auf die Bühne zu bringen. Ich würde jeden Mann umbringen, der sie so ansieht, wie ich es tue.

Mist!

Was zum Teufel ist in mich gefahren?

Schweiß läuft mir über die Stirn und ich ziehe Sadie vom Bürgersteig weg an die Hauswand.

Ihre Hand ruht auf meiner Hüfte, während ich sie in den Schatten ziehe. Ihre Berührung ist besitzergreifend.

Ist das Absicht?

Ich kann den Drang, sie zu küssen, nicht länger unterdrücken. Ich drücke sie gegen das Backsteingebäude und meine Lippen prallen auf ihre. Ich möchte sie ficken, dass die ganze Welt es sieht.

Aber ich begnüge mich damit, ihre Lippen zu schmecken. Meine Finger streicheln ihr Haar, um den Kuss zu vertiefen.

Sie stöhnt und die Geräusche machen mich ganz wild, sodass ich sie am liebsten mit nach draußen nehmen würde, um allen zu zeigen, dass sie mir gehört.

Schließlich unterbreche ich den Kuss und lege meine Stirn an ihre.

„Ich weiß nicht mehr, wer auf mich geschossen hat", sage ich. Es ist keine Lüge, aber ich erinnere mich, wer an diesem Tag im Auto saß: Nikita, Anton und Savannah. Einer von ihnen muss dafür verantwortlich sein.

Sie benötigt einen Moment, um ihre Fassung wiederzuerlangen. Sie sieht mich neugierig an, als könne sie sich nicht an die Frage erinnern.

Mir gefällt, dass ich in ihren Kopf eingedrungen bin.

Das ist gut. Ich mag es, diese Macht über sie zu haben—die Fähigkeit, sie sprachlos zu machen.

Sie leckt sich über die Lippen, wo kurz zuvor noch meine Zunge war. Sadie atmet nervös aus und starrt zu mir hoch. „Bitte lüg mich nicht an, Dmitri. Gehörst du zur italienischen Mafia?"

Ich möchte über ihre Frage lachen. Die Absurdität dieser Frage ist verblüffend. Weiß sie denn nicht, dass die Italiener und die Russen zwei verschiedene Organisationen in der Stadt haben?

Sie kann es nicht wissen.

Sie kann unschuldig bleiben, was die Dunkelheit angeht, die uns umgibt. Das Mädchen weiß nicht, wie tief sie da hineingeraten ist.

Sadie hat Glück, dass sie nicht ertrinkt.

„Ich bin Russe", sage ich. Das ist alles, was sie hört.

Ich werde sie nicht anlügen. Aber es ihr zu sagen, ohne dass sie direkt danach fragt, ist absurd. Sie braucht nicht zu wissen, dass ich Bratva bin. Es wird sie sicher nicht retten.

Wenn sie ausrutscht, könnten wir beide getötet werden.

Ich habe keine Angst vor dem Tod, aber ich will nicht, dass Sadie oder ihre Tochter verletzt werden. Sie haben etwas Besseres verdient.

Ihre Augen verengen sich, als ob sie versuchen würde, das zu verstehen, was ich ihr gesagt habe. Ich lege meinen Arm um ihre Schulter und führe sie von dem Backsteingebäude weg und halte sie dicht neben mir. „Können wir unseren Streit hinter uns lassen?", frage ich.

Ich möchte, dass sie zu Lukas Hochzeit kommt und mein Date ist. Ich möchte, dass sie beim Probeessen dabei ist. Auch wenn wir kein richtiges Paar sind, genieße ich ihre Gesellschaft und ihre Kameradschaft.

„Ich glaube, das haben wir", sagt Sadie und schaut mich an, während wir nebeneinander hergehen. „Solange du akzeptieren kannst, wo ich arbeite."

Ich habe die ganze Zeit ein Auge auf sie geworfen.

Ich werde der Erste sein, der erfährt, wenn sich jemand mit ihr anlegt.

„Das kann ich machen", sage ich. Nach einiger Zeit wird sie kündigen. Das weiß ich ganz genau. Antonio wird sein wahres Gesicht zeigen, und wenn er das tut, wird sie zu mir kommen.

Ich hoffe nur, dass er ihr keine Angst macht oder Schlimmeres.

Aber ich kann sie nicht in einen goldenen Käfig sperren. Ich kann sie nicht beschützen. Egal, wie sehr ich sie beschützen möchte, sie ist eine erwachsene Frau, die ihre eigenen Entscheidungen treffen will.

Egal, wie töricht es zu erscheinen mag, um ihr zu beweisen, dass Antonio zur italienischen Mafia gehört, müsste ich mein Geheimniss verraten, für wen ich arbeite: die russische Bratva.

„Wie geht es Allie?", frage ich und werfe einen Blick auf Sadie, während ich neben ihr gehe und sie dicht an mich drücke. Wenn es nach mir ginge, würde ich sie nie wieder loslassen.

„Gut. Sie hasst es, dass sie in ein paar Wochen wieder zur Schule gehen muss, aber ansonsten ist sie ein echter Sonnenschein."

In ihrem Tonfall ist eindeutig Sarkasmus zu hören. „Geht es dir auf die Nerven, dass sie den ganzen Sommer zu Hause ist?", frage ich.

Sie beantwortet meine Frage nicht ganz. „Allie hat ununterbrochen nach dir gefragt. Sie wollte wissen, warum ich sauer auf dich bin und warum du mir keine Geschenke geschickt hast, um deinen Fehler wiedergutzumachen, wie im Film...", ihre Stimme bricht ab.

Hätte ich ihr ein Geschenk schicken sollen? Das ist neu für mich. Das Mädchen arbeitet für den Feind. Das schreit nicht gerade nach schokoladenüberzogenen Erdbeeren.

„Sag ihr, wir haben das wie Erwachsene geklärt."

„Das werde ich auf jeden Fall erwähnen, wenn sie das nächste Mal fragt." Sie stößt an mich.

Ihre Lippen sind rot und geschwollen von unseren heißen Küssen.

„Willst du heute Abend zu mir kommen?", fragt sie.

„Ja, aber ich muss heute Abend arbeiten."

„Scheiße, ich auch." Sie lacht, schlägt sich an die Stirn und wirft den Kopf zurück. „Manchmal bin ich solch ein Idiot."

„Niemals", sage ich und drücke ihre Hand, während ich unsere Finger ineinander verschränke. „Nächster freier Tag?"

„Mittwoch."

„Bei mir auch", sage ich.

„Klingt nach einem Date."

————

Ich hatte Mittwoch nicht frei, aber ich habe Nikita davon überzeugt, dass ich den Zeitplan ändern kann, weil ich die Sache mit Sadie in Ordnung bringen muss.

Er denkt immer noch, dass wir ein echtes Paar sind und streitet sich mit mir, nachdem er herausgefunden hat, wo sie arbeitet.

Aber Nikita unterstützt die ganze Situation, denn Sadie weiß nicht, dass wir Bratvas sind.

Das ist mir egal. Tatsache ist, dass ich sie sehr mag. Eigentlich sollte sie tabu sein, aber ich habe sie gefunden bevor sie angefangen hat bei den

Italienern zu arbeiten. Gehört sie deshalb nicht *mir*?

Bedauerlicherweise ist unsere Beziehung völlig unecht, abgesehen vom Sex. Der ist echt.

Das ist verdammt kompliziert.

Anstatt Blumen mitzubringen, wie die letzten beiden Male, als ich mit ihr ausging, habe ich heute Abend eine Schachtel mit schokoladenüberzogenen Kirschen und Erdbeeren dabei. Ich hoffe, sie lässt sich von mir nackt im Bett füttern.

Ivan steht vor dem Haus Wache und passt auf, dass keine bekannten italienischen Gesichter auftauchen. „Du kannst nach Hause gehen", sage ich. „Ich werde heute Nacht ein Auge auf sie haben."

Ivan grinst und gibt mir einen Klaps auf den Arm, bevor er sich zu seinem Fahrzeug zurückzieht.

Ich drücke auf die Klingel, um sie wissen zu lassen, dass ich angekommen bin. Eigentlich ist es kein Date, da wir kein Paar sind. Wir wollen einfach nur die Gesellschaft des anderen genießen.

Noch wichtiger ist es, ihr die Kleider vom Leib zu reißen und jeden Zentimeter ihres Körpers zu genießen.

Die Eingangstür öffnet sich und ich eile in den Aufzug, um den Knopf für den sechsten Stock zu drücken. Im Aufzug ist es stickig, und ich trage weder meinen Anzug noch eine Krawatte.

Für heute Abend bin ich viel legerer gekleidet. Werden wir uns nicht ohnehin gegenseitig die Kleider vom Leib reißen?

Ich trage eine dunkle gewaschene Jeans und ein weißes Kragenhemd. Ich öffne einen Knopf an meinem Hemd.

Hat jemand die Heizung im Haus aufgedreht? Es ist Sommer, verdammt noch mal. Es ist die Zeit der Klimaanlagen.

Hoffentlich schmelzen die Schokoladenkekse nicht auf meinem Weg nach oben. Falls doch, muss ich das Dessert über Sadies nackten Oberkörper träufeln und die Süßigkeiten von ihrem Körper lecken.

Die Fahrstuhltüren öffnen sich im Schneckentempo und ich schlüpfe heraus, bevor die Türen ganz geöffnet sind. Ich eile den Flur entlang und klopfe kräftig an die Tür.

Es sind Schritte zu hören, und dann reißt Allie die Tür auf und schaut mich von oben bis unten an. „Keine Blumen?" Unbeeindruckt verschränkt sie die Arme vor der Brust.

„Ich habe Nachtisch mitgebracht", sage ich und zeige die Schachtel in meiner rechten Hand.

Allies Augen leuchten auf. „Toll. Denn du wirst verhungern, wenn du siehst, was Mama gekocht hat."

Ich atme erleichtert auf, als sie mich in die Wohnung lässt. Ich schließe die Tür hinter mir und schlüpfe aus meinen Schuhen, als ich die Schuhe der anderen im Eingangsbereich sehe.

„Es riecht gut hier", sage ich.

Sadie steht in der Küche am Herd und bereitet das Abendessen vor.

„Das musst du gerade sagen", meldet sich Allie und betritt die Küche. „Er hat dir ein Geschenk mitgebracht."

Ich zeige Sadie die Pralinenschachtel und lege sie auf den leeren Tresen. „Kann ich dir helfen?", biete ich an.

„Kannst du Allie helfen, den Tisch für das Abendessen zu decken?"

„Ich helfe gerne", sage ich.

Allie hilft kaum, sondern delegiert, indem sie mir zeigt, wo alles steht. Ich kann mir vorstellen, dass Sadie mit dem Mädchen alle Hände voll zu tun hat, und ich kann mir gar nicht vorstellen, wie es sein wird, wenn Allie fährt und sich verabredet.

Das Abendessen besteht aus geschwärztem Fisch in der Eisenpfanne, Spargel und einem Gartensalat. Auf dem Tisch steht auch eine Obstschale mit frischen Pfirsichen, die noch nicht aufgeschnitten sind. Sie sehen köstlich aus, genau wie alles andere auch.

Es stellt sich heraus, dass Sadie eine gute Köchin ist, obwohl Allie auf ihrem Teller herumstochert und das Essen mehr hin und her schiebt, als es zu essen.

„Magst du keinen Fisch?", frage ich und versuche, Allie zu überzeugen. Ich kann nicht sagen, ob sie keinen Hunger hat oder ob sie etwas anderes bedrückt.

„Das ist es nicht", sagt Allie und lässt ihre Gabel fallen. Sie klirrt mit einem schrillen Geräusch gegen den Teller. „Mom lässt mich meine Cousine Olivia nicht besuchen."

„Sie sind gerade nach Nova Scotia gezogen", sagt Sadie. „Warst du schon mal dort?"

„Nicht, dass ich wüsste." Ich esse den letzten Rest des Essens von meinem Teller auf. Das Essen war hervorragend und Sadies Kochkünste haben mich überrascht, vor allem nach Allies Kommentar, als ich zum Abendessen kam.

„Es ist großartig", sagt Allie. Ihre Augen leuchten mit jedem Wort, das sie sagt. „Olivia hat mir Bilder geschickt. Ich will unbedingt dorthin und ich habe noch eine Woche Zeit, bis ich wieder zur Schule muss."

„Weißt du, wie teuer es ist, Last Minute zu fliegen?", fragt Sadie und starrt ihre Tochter an. „Du hast keine Ahnung von Geld, Allie."

„Ich weiß, dass du Geld gespart hast und es dir leisten kannst, mich zu Olivia zu schicken. Du hast gerade einen neuen Job bekommen. Ich wette, er bringt mehr ein als der im Hotel. Komm schon, bitte." Allies Unterlippe schiebt sich vor und sie schmollt.

„Wir werden dieses Gespräch nicht am Esstisch mit unserem Gast führen."

„Er ist dein Freund", sagt Allie und zuckt mit den Schultern, als ob es keine große Sache wäre.

„Ich könnte herausfinden, ob der Privatjet verfügbar ist, und wir könnten zusammen einen Familienausflug dorthin machen."

Allies Augen weiten sich, und ihr Mund bleibt offen stehen. „Du hast einen Privatjet?"

„Dmitri", warnt Sadie, „das ist zu viel."

„Ich kann nichts versprechen, aber wenn er verfügbar ist, kann ich den Flug und eine Freistellung von der Arbeit beantragen."

Sadie seufzt und kneift sich in den Nasenrücken. „Ich bin mir nicht sicher, ob ich mir freinehmen kann. Ich habe gerade meinen neuen Job angefangen, Allie."

„Dmitri könnte mich mitnehmen." Allie blickt mit großen Augen von mir zu ihrer Mutter.

„Ich glaube nicht, dass Dmitri das in seinem Urlaub machen will", sagt Sadie.

Da hat sie recht. Zeit mit den beiden zu verbringen, wäre schön, aber Allie nach Kanada zu fliegen, klingt nicht gerade aufregend. Aber wenigstens schlägt sie nicht vor, dass wir mitten im Winter fahren.

„Frag deinen Chef nach einer Auszeit", sagt Allie. „Mach die Flirt-Sache."

„Die Flirt-Sache?", frage ich und fixiere Sadie mit meinem Blick. Was zum Teufel macht sie in der Nähe von Antonio? Der Mann ist verheiratet und einer der bösartigsten und rücksichtslosen Männern, die ich kenne.

Sadies Wangen röten sich, während sie mit ihrem Haar spielt und eine Strähne um den Finger zwirbelt, während sie mir in die Augen schaut. Da steckt mehr dahinter, aber sie verrät ihrer dreizehnjährigen Tochter nicht alle ihre Geheimnisse.

„Ich flirte nicht mit jedem", sagt sie und fixiert mich mit ihrem Blick.

Mein Mund ist trocken, und ich greife nach meinem fast leeren Wasserglas und nehme einen Schluck.

„Ihr zwei seid eklig", sagt Allie und schiebt den Stuhl vom Tisch weg. Sie schnappt sich ihren Teller und bringt ihn zur Spüle, um ihn abzuwaschen, bevor sie ins Wohnzimmer geht.

Ich bin erleichtert, als wir endlich nur noch zu zweit sind.

Vom Tisch aus habe ich einen guten Blick auf Allie. Sie schnappt sich ihr Virtual-Reality-Headset, schnallt es sich um und befestigt es. Wenigstens kann sie uns jetzt nicht sehen und wahrscheinlich auch nicht hören, wenn sie die Lautstärke aufdreht.

„Du solltest wirklich ein Auge auf sie haben, wenn sie mit anderen Leuten online spielt", sage ich.

„Ich kann immer noch nicht glauben, dass du Bearded Bad Boy bist", sagt Sadie mit einem echten Lachen.

„Wie hast du das herausgefunden?"

„Das Stern-Tattoo", sagt sie und deutet auf meine Brust. „Es ist dasselbe wie auf deinem Profilbild."

Ich greife nach meinem Wasserglas und wünschte, es wäre etwas Stärkeres. Ich trinke die letzten paar Schlucke aus. Ich erzähle ihr nicht, dass das Tattoo symbolisiert, dass ich ein Mitglied der Bratva bin. Wenn sie dieses Geheimnis noch nicht entdeckt hat, möchte ich nicht derjenige sein, der es ihr erzählt.

„Du solltest mal dein Headset mitbringen. Wir könnten zusammen spielen", sagt sie.

Ich antworte nicht auf ihre Bemerkung. Es ist nicht so, dass es nicht schön wäre, etwas zusammen zu machen. Die Realität ist, dass ich das Headset nur habe, um mit zwielichtigen Geschäftsleuten in Kontakt zu treten. Die tatsächliche Zeit, die ich mit dem Spielen verbracht habe, ist minimal.

„Das könnten wir, aber ich habe ein paar andere Ideen, die vielleicht etwas mehr Spaß machen."

Sadie gluckst leise vor sich hin. „Vorsicht, Allie ist im Zimmer nebenan."

Ich bezweifle, dass sie etwas von dem, was wir sagen, hören kann, da unsere Stimmen leise sind und der Ton ihres VR-Headsets aufgedreht ist.

„Ich habe Nachtisch mitgebracht", sage ich und stehe auf, um die schokoladenüberzogenen Erdbeeren und Kirschen zu holen. Ich war mir nicht sicher, was sie vorziehen würde, also habe ich mich für beides entschieden.

Mein Handy summt in meiner Tasche, ich greife danach und nehme den Anruf auf dem Wegwerfhandy entgegen.

„Hallo", sage ich. Es gibt nur eine Person mit dieser Nummer.

„Ich habe gute Nachrichten. Ich habe Lucys Schwester in einer kleinen Stadt in Montana ausfindig gemacht. Sie sind in einer abgelegenen Hütte in Breckenridge."

Ich stoße einen Atemzug aus, von dem ich gar nicht wusste, dass ich ihn angehalten hatte.

„Das sind gute Nachrichten."

Sadie schaut mich an, als sie aufsteht, um das Geschirr abzuräumen. Ich schüttle den Kopf, weil ich möchte, dass sie mir das Aufräumen überlässt.

„Hast du einen genauen Standort? Eine Adresse?"

„Ich schicke sie dir per SMS", sagt er.

„Danke." Ich beende das Telefonat und helfe Sadie beim Abwaschen.

„Alles in Ordnung?", fragt sie und schaut mich von der Spüle aus an.

„Ich habe eine Spur zu dem Mann, der auf mich geschossen hat."

„Was?" Das Trinkglas rutscht ihr aus der Hand und schlägt auf dem Boden auf, wo es in winzige Scherben zerspringt.

Stöhnend bückt sich Sadie, um die Scherben aufzuheben. „Scheiße." Sie flucht leise, als ein winziger Glassplitter in ihrer Hand sticht. Sadie eilt durch den Flur ins Bad und knallt die Tür zu.

Zwischen der knallenden Badezimmertür und dem Bellen von Kona nimmt Allie ihr Headset ab. „Ist alles..." Sie bringt ihren Satz nicht zu Ende.

„Halte den Hund aus der Küche fern", sage ich und weise Allie an, was sie tun soll. „Ich räume das Glas weg, nachdem ich nach deiner Mutter gesehen habe."

Allie packt Kona am Halsband und zerrt sie in ihr Zimmer, damit der Hund nicht in Gefahr gerät.

Ich klopfe laut an die Badezimmertür. „Sadie?"

„Ja", sagt Sadie mit einem Stöhnen.

„Lass mich rein. Ich kann dir helfen, deine Hand zu verbinden."

Auf der anderen Seite der Tür bewegt sich etwas und das Schloss klickt, sodass ich das Bad betreten kann. „Es ist offen", sagt sie.

Ihre Handfläche ist nach oben gedreht. Sie hat eine Metallpinzette auf dem Waschbecken und eine offene Flasche Reinigungsalkohol daneben stehen.

Kona bellt weiter aus dem Schlafzimmer und ich schließe die Badezimmertür, um den Lärm zu dämpfen.

Ich nehme ihre verletzte Hand und führe sie näher an mein Gesicht, um die Verletzung gründlich zu untersuchen. Es ist kein Blut zu sehen, denn der winzige Splitter steckt noch in ihrer Handfläche. Er ist klein, so groß wie ein Splitter, aber ich bin sicher, dass er höllisch weh tut.

„Ich habe es mit der Pinzette versucht, aber ich bin kein Linkshänder."

Ich greife nach der Pinzette und entferne den winzigen Glassplitter innerhalb weniger Sekunden, bevor ich ihre Handfläche unter fließendes Wasser halte.

Ihre Wangen sind rosig und der Schweiß glänzt auf ihrer Stirn. „Du bist okay", sage ich und schenke ihr ein beruhigendes Lächeln. Ich habe schon viel schlimmere Verletzungen gesehen. Das hat sie auch, als ich angeschossen wurde.

„Verbände?", frage ich.

Sie zeigt auf den Medizinschrank und ich öffne ihn und hole einen kleinen Verband heraus, den ich ihr auf die Hand klebe.

„Schon besser." Ich führe ihre Handfläche an meine Lippen und gebe ihr einen Kuss auf die bandagierte Verletzung.

„Danke, Dmitri."

„Natürlich." Ich streiche ihr eine Haarsträhne hinters Ohr, ohne meinen Blick von ihr abzuwenden. „Ich muss den Rest des Glases wegräumen. Ich glaube, Kona will raus."

„Wahrscheinlich will sie das", sagt Sadie. „Was sagtest du darüber, dass du weißt, wer auf dich geschossen hat?"

Der Frau entgeht nichts. Wahrscheinlich hätte ich gar nicht so viel sagen sollen, wie ich gesagt habe, nämlich so gut wie nichts.

„Ich weiß nicht, wer auf mich geschossen hat, aber ich weiß, mit wem ich im Auto war, bevor es passierte."

„Und du bist dir sicher, dass es jemand ist, den du kennst? Ich meine, es war kein Unfall?"

„Genau das muss ich herausfinden." Ich sage ihr nicht, dass die Wahrscheinlichkeit eines Unfalls sehr gering ist. Die Tatsache, dass ich mit Nikita geschickt wurde, um Anton und Savannah auszuschalten, macht es unwahrscheinlich.

„Haben sie gesagt, wo er ist?"

Sie hat heute Abend viele Fragen. „In einer kleinen Stadt in Montana." Ich öffne die Badezimmertür und gehe zurück in die Küche, um die Glasscherben aufzuräumen, bevor noch jemand zu Schaden kommt.

Sadie ist mir dicht auf den Fersen. „Und du willst ihn besuchen?" In ihrem Ton liegt ein Hauch von Angst. Sie weiß nicht, wie es ist, Angst zu haben, sein Leben aufs Spiel zu setzen oder am Rande des Todes zu stehen.

„Das ist der Plan", sage ich. Ich bücke mich in der Küche und räume vorsichtig die Glasscherben auf, eine nach der anderen, um mich nicht zu schneiden. Nachdem ich alle sichtbaren Scherben entfernt habe, bin ich mir immer noch nicht sicher, ob es alle sind. „Habt ihr einen Staubsauger, damit ich sichergehen kann, dass ich keinen winzigen Splitter übersehen habe?"

„Natürlich", sagt Sadie. Sie eilt in den Flur und holt den Staubsauger. Ich bin froh, dass es ein Staubsauger mit Beutel ist, um weitere Verletzungen zu vermeiden.

Ich sauge den Küchenboden um sicherzustellen, dass Kona darauf laufen oder ihn ablecken kann. Nachdem wir beide überzeugt sind, dass alles in Ordnung ist, lässt Sadie Kona aus dem Schlafzimmer.

„Wo kommt der Staubsauger hin?", frage ich.

Sie grinst mich an, während sie mich von oben bis unten mustert. „Ich räume ihn später weg. Stell ihn einfach in die Ecke an die Wand", sagt sie. „Allie, hast du Kona gefüttert?"

Der Teenager stöhnt und huscht dann los, um den Welpen zu füttern, bevor sie mit ihr spazieren geht.

„Bist du sicher, dass sie da draußen allein zurechtkommt?"

Ich könnte mir nicht vorstellen, meine Dreizehnjährige nachts allein herauszulassen, wenn ich ein Kind hätte. Obwohl es keine unsichere Gegend ist, mache ich mir Sorgen um sie, vor allem, weil Sadie bei den Italienern arbeitet.

„Ihr geht es gut", sagt Sadie und wackelt unruhig auf ihren Füßen. Sie zweifelt an ihrer Entscheidung. „Sollte ich mir Sorgen machen?"

„Wie wäre es, wenn ich die beiden im Auge behalte?" schlage ich vor. „Du kannst den Nachtisch vorbereiten."

Ich gehe zur Wohnungstür und ziehe meine Schuhe an.

„Was meinst du, wie ich es vorbereite?", fragt Sadie.

„Du könntest es ins Schlafzimmer bringen." Ich gehe zur Wohnungstür hinaus, bevor ich ihre Antwort mitbekomme.

ELF

SADIE

Ich lasse mich von Dmitri in seinem Privatjet entführen, obwohl das weit weniger romantisch ist, als es klingt. Wir halten in Nova Scotia, um Allie für eine Woche abzusetzen, während wir nach Breckenridge fahren, um herauszufinden, was an dem Tag geschah, als Dmitri erschossen wurde.

Das klingt gefährlich und ich bin dankbar, dass Allie bei ihrer Tante und ihrem Cousine in Sicherheit ist, während wir einen Abstecher nach Montana machen.

Ein Umweg, der eigentlich in die entgegengesetzte Richtung führt.

Ich bin Dmitri sehr dankbar, dass wir Allie bei meiner Familie absetzen konnten. Sie freut sich, das sie Zeit mit Olivia zu verbringen kann, und ich bin dankbar für die Zeit, die wir von zu Hause weg sind.

Ich kann mir nicht vorstellen, wie Dmitri einen Privatjet bezahlen kann, aber es ist klar, dass er ihn nicht besitzt sondern ihn sich von seinem Chef geliehen hat. Ist das der Mann, dem der Stripclub gehört?

Verdammt, die Bezahlung für einen Privatjet muss gut sein, auch wenn er nur Miteigentümer ist. Trotzdem ist es ziemlich beeindruckend.

„Du bist furchtbar still", sagt Dmitri, als wir zur Landung ansetzen.

„Ich fliege nicht gerne", sage ich. Aber das Schlimmste sind normalerweise meine Nerven bei der Sicherheitskontrolle am Flughafen, die Sorge, meinen Flug zu verpassen, oder lange Verspätungen auf der Rollbahn.

Ich könnte mich daran gewöhnen, privat zu fliegen, nicht dass ich mir das leisten könnte.

„Sogar im Luxus?", fragt Dmitri und zieht eine Augenbraue hoch.

„Das ist schön." Ich lehne mich in dem plüschigen Ledersessel zurück. Er ist drehbar und unterscheidet sich von allen anderen in einem kommerziellen Flugzeug. „Dein Chef hat dir das Flugzeug geliehen?"

„Das ist einer der Vorteile des Jobs", sagt er lachend. Er muss mit seinem Chef gut befreundet sein.

Nachdem wir gelandet sind, hat Dmitri einen Mietwagen für uns bereitstehen. Er öffnet den Kofferraum und wirft unsere Taschen hinein, bevor er auf die Beifahrerseite geht und mir die Tür öffnet.

Ich hatte erwartet, dass die Fahrt Stunden dauern würde, da wir uns mitten im Nirgendwo befinden, aber das scheint nicht der Fall zu sein. In ein paar Minuten sind wir im Blue Sky Resort angekommen. Es ist ein Skigebiet, obwohl es um diese Jahreszeit noch zu warm zum Skifahren ist.

Die Fassade des Gebäudes ist frisch gestrichen, in strahlendem blau und weiß. Wurde der Ort gerade renoviert?

Ich steige aus dem Auto aus und Dmitri begleitet mich hinein.

Er hat bereits eine Reservierung und bekommt zwei Zimmerschlüssel, von denen er mir einen aushändigt. Nicht, dass ich vorhätte, die Stadt ohne ihn zu erkunden. Der einzige Grund, warum ich in Montana bin, ist, dass ich mich vergewissern will, dass es ihm gut geht. Nach allem, was der Mann durchgemacht hat, fühlt es sich nicht richtig an, ihn allein hierherkommen zu lassen.

Er hat niemanden.

Und aus diesem Grund möchte ich sein Jemand sein.

Das ist verrückt, denn wir sind nur Freunde, die manchmal miteinander schlafen und falsche Dates haben, um einander zu helfen. Aber das machen Freunde doch so, oder?

Nachdem wir im Hotelzimmer eingecheckt und unsere Koffer ausgepackt haben, gehen wir zum Abendessen. Es ist schon spät und ich bin am Verhungern. „Wann gehen wir zu der Adresse, die du hast?", frage ich.

„Morgen."

Ich weiß nicht, was er vorhat, wenn er den Mann sieht, der ihn erschossen haben könnte. Es muss ein Unfall gewesen sein. Oder?

Warum wurde Dmitri zurückgelassen? Dachte der Schütze, dass er wegen Mordes ins Gefängnis kommen würde?

Ich schwöre, ich habe zwei Schüsse gehört. Wurde der andere Schuss auf den Boden abgefeuert?

Es gab nur eine Leiche.

In meinem Kopf schwirren die verschiedenen Möglichkeiten von diesem Tag herum.

Wir entscheiden uns für ein Restaurant auf dem Berg, von wo aus wir bei Sonnenuntergang eine schöne Fahrt unternehmen können. Mein Handy summt in meiner Handtasche, ich greife danach und schaue auf den Anrufer. Es ist meine Arbeit.

Ich bin überrascht, dass ich hier draußen Empfang habe.

„Hallo?"

Antonios Stimme erkenne ich wieder. Er spricht nicht direkt in den Hörer. Hat er mich aus Versehen angerufen?

„Du bist mir in die Quere gekommen. Du hast mir keine andere Wahl gelassen, als die Sache selbst in die Hand zu nehmen", sagt Antonio. Ein Mann bettelt um sein Leben, weint und ist hysterisch. Ein Schuss ertönt durch das Telefon.

Ich schreie auf und lege auf.

„Was ist los?", fragt Dmitri.

Meine Hände zittern, und mein Magen dreht sich. „Halt an. Mir wird schlecht."

Wir fahren den Berg hinauf, und es gibt nicht viel Platz zum Anhalten. Aber er stellt den Motor ab, und ich reiße die Tür auf, springe heraus und übergebe mich am Straßenrand.

Er steigt aus und kommt zu mir herum, um nach mir zu sehen.

Ich wische mir den Mund mit dem Handrücken ab.

„Geht es dir gut?", fragt er.

Ich öffne den Mund, aber ich kann nichts sagen.

Mein Telefon klingelt, und ich zucke unwillkürlich zusammen. Meine Hände zittern, als ich auf die

Anrufer-ID starre, die mir anzeigt, dass es wieder Antonio ist.

Diesmal sieht Dmitri, wer angerufen hat. Er reißt mir das Telefon aus der Hand und nimmt den Anruf entgegen. „Kann ich dir helfen?", fragt Dmitri.

Es herrscht einen Moment lang Schweigen, dann kräuselt sich seine Oberlippe. „Sie kann nicht ans Telefon kommen", knurrt er, und seine Brust bläht sich auf, sein Rücken ist gerade und aufrecht. Er ist bereit für einen Kampf.

Ich schaue entsetzt zu und halte ihm meine Hand hin, damit er mir mein Telefon zurückgibt.

„Ich weiß, wer du bist, und es ist mir scheißegal. Du jagst mir keine Angst ein. Sadie steht unter meinem Schutz."

Ein weiterer Schlag und ich schwöre, dass mir vor Angst wieder übel wird.

„Ich arbeite für Mikhail Barinov", sagt Dmitri.

Soll, das für Antonio etwas bedeuten? Ich weiß jedenfalls nicht, wer Mikhail Barinov ist. Ich kann Antonios Antwort nicht hören, und Dmitri ist unleserlich.

Und was meint er damit, dass ich unter seinem Schutz stehe?

Er beendet das Gespräch und ich weiß nicht, ob Antonio aufgelegt hat oder ob das Gespräch beendet ist.

„Was zum Teufel ist gerade passiert?", frage ich. Ich verschränke meine zittrigen Arme vor der Brust. Meine Augen sind weit aufgerissen, weil ich mir nicht sicher bin, ob ich mit dem, was Dmitri gerade für mich getan hat, einverstanden bin. Er versucht zu helfen, aber ich bin mir nicht sicher, ob er nicht alles nur noch schlimmer gemacht hat.

„Du wirst auf keinen Fall wieder für dieses Arschloch arbeiten."

Ich will nicht wieder für Antonio arbeiten. Nicht nach dem, was ich gehört habe. Er hat jemanden kaltblütig ermordet.

Ich wünschte, ich würde mich irren, aber wenn ich in Dmitris Gesicht sehe, möchte er vom Gipfel des Berges schreien: „Ich habe es dir ja gesagt."

„Er hat gerade einen Mann erschossen", flüstere ich und versuche Atem zuholen . Mein Herz hämmert weiter gegen meine Brust. „Sollten wir nicht die Polizei rufen?"

„Um ihnen was genau sagen? Du weißt nicht, wo er ist, wer erschossen wurde und glaub mir, du willst dich nicht weiter mit den Italienern einlassen."

Er schiebt mein Handy in seine Tasche und reibt mir beruhigend über den Rücken. Die Sonne ist untergegangen und es wird von Minute zu Minute dunkler. Die Scheinwerfer des Fahrzeugs sind eingeschaltet, der Motor läuft, sodass wir die Straße sehen können. „Wir sollten dir etwas zu essen besorgen."

Ist das sein Ernst? Ich habe gerade alles ausgekotzt, was ich zum Frühstück gegessen habe. Ich bin nicht mehr hungrig. Essen ist das Letzte, woran ich denke. „Ich glaube, ich kann nichts essen."

„Suppe. Kekse. Etwas, was dir hilft, den Geschmack aus dem Mund zu bekommen."

Da hat er nicht ganz unrecht. Ich könnte es benutzen, um meinen Mund auszuspülen. „Ja."

Dmitri begleitet mich zurück zum Auto und öffnet die Tür. Er wartet, bis ich angeschnallt bin, bevor er die Autotür schließt um selbst einzusteigen.

Ich schaue aus dem Fenster und beobachte, wie die Bäume auf unserem Weg den Berg hinauf vorbeiziehen. Dmitri hält an einem Blockhüttenrestaurant mitten im Nirgendwo an. Auf dem Schild steht „Lumberjack Shack".

Als ich aus dem Auto steige, sind meine Füße wackelig und meine Beine schwanken, aber ich weiß, dass ich in Sicherheit bin. Ich bin weit weg von New York, und Allie ist auch nicht zu Hause. Ich muss mir diese Woche keine Sorgen um sie machen.

Alles, woran ich denken kann, ist das Geräusch des Schusses. Auch die Erinnerungen an den Nachmittag, an dem Dmitri erschossen wurde, flackern in meinem Kopf auf.

Ich bin wie erstarrt, unfähig, mich selbst zu bewegen. Dmitri klettert aus dem Fahrzeug und begleitet mich. Er legt seine Hand um meine Taille, als wir die Holztreppe hinaufgehen.

Er wartet nicht darauf, dass der Kellner uns einen Platz anbietet. Er sucht uns einen leeren Tisch und hilft mir, mich hinzusetzen, bevor er sich zwei Speisekarten schnappt und sich mir gegenüber setzt.

„Danke", flüstere ich, während die Speisekarte vor mir auf dem Tisch liegt, aber ich kann mich nicht auf die Worte konzentrieren. Es ist wie eine fremde Sprache, die mich anstarrt.

Eine Kellnerin kommt an den Tisch, bringt uns Wasser und teilt uns die Sonderangebote mit. Ich entschuldige mich um auf die Toilette zu gehen, meinen Mund auszuspülen und mich zu waschen.

Ein paar Minuten später komme ich zurück an den Tisch. Dmitri nippt an seinem Scotch und deutet auf das alkoholische Getränk, das für mich auf dem Tisch steht. „Ich habe es riskiert und dir einen Amaretto Sour bestellt."

Ich greife gerne nach dem Getränk, weil ich die Erinnerungen an die letzte Stunde wegbrennen möchte.

„Auf das Vergessen", ich zucke bei meiner Wortwahl zusammen. Ich habe meinen Drink noch nicht einmal angerührt und mache mich schon zum Affen.

Dmitri lächelt. Wenn er beleidigt wäre, versteckt er es gut.

„Auf das Vergessen—", sagt er und stößt mit meinem Glas an.

Ich trinke die bernsteinfarbene Flüssigkeit, die den Geschmack in meinem Mund vertreibt. Ich bin dankbar für den Drink und trinke ihn in wenigen Sekunden aus. Ich mache zu der Kellnerin eine Handbewegung, aber es dauert eine Minute, bis sie an unserem Tisch kommt.

„Ich habe auch Essen für dich bestellt", sagt Dmitri. „Hausgemachte Suppe. Aber wenn du stattdessen etwas anderes bestellen möchtest, können wir die Bestellung sicher noch ändern. Oder etwas anderes bestellen."

„Die Suppe klingt gut." Ich bin mir nicht sicher, ob ich viel essen kann, aber ein paar Minuten damit zu verbringen, Antonio und die Arbeit zu vergessen, wird hoffentlich ausreichen, um meinen Appetit zurückzubringen.

Die Kellnerin kommt an unseren Tisch und ich bestelle noch einen Amaretto Sour, während Dimitri noch einen Scotch bestellt.

„Morgen kannst du im Hotel bleiben, wenn ich Anton und Savannah besuche. Es ist sicherer für dich, wenn du nicht bei mir bist."

„Sicherer, weil sie dich tot sehen wollen?", frage ich.

Die pulsierende Musik verhindert, dass jemand unser Gespräch mitbekommt. Es gibt eine kleine Gruppe, die hauptsächlich an der Bar abhängt.

„Ich kann mir nicht sicher sein, dass sie es nicht wieder versuchen", sagt Dmitri. „Außerdem brauchst du nach heute Abend nicht noch ein traumatisches Erlebnis."

Ich stoße einen zittrigen Atemzug aus. „Morgen geht es mir schon wieder gut. Ich habe nur nicht damit gerechnet, dass Antonio einem Mann das Leben nimmt."

„Es kann schwierig sein, das mitzuerleben", sagt Dmitri.

„Sprichst du aus Erfahrung?" Ich kann mir nicht vorstellen, dass er das tut, aber er hat schon einmal am anderen Ende des Laufs einer Waffe gestanden.

Er nippt an seinem Scotch und schenkt mir ein schiefes Grinsen. „Wie geht's deinem Magen?"

Wechselt er absichtlich das Thema oder versucht er, mich von dem beschissenen Abend abzulenken, den wir hatten?

„Es ging mir schon mal besser, aber ehrlich, was du für mich getan hast, war süß und rücksichtsvoll."

„Wie das?," fragt Dmitri.

„Du hast praktisch einen Mafiaboss verraten. Ich meine, wenn das, was du sagst, wahr ist." Und nach Antonios unerwartetem und unbeabsichtigtem Anruf habe ich weniger Grund, an ihm zu zweifeln.

„Was ich sage, ist wahr?", wiederholt er.

„Du hast gesagt, dass ich unter deinem Schutz stehe. Und du hast deinen Chef, Mikhail, erwähnt. Was hat er mit all dem zu tun? Woher kennen sie sich?"

Jeder Anflug eines Lächelns verschwindet aus seinen Zügen. Sein Blick wird härter und er setzt sich aufrechter an den Tisch. „Alte Familie. Mikhail's kleine Schwester hat Antonio geheiratet."

„Das ist wirklich kompliziert", murmele ich.

„Du bist fertig damit, in Morettis Bar zu arbeiten. Wenn du einen Job brauchst, kannst du im Club

Sage kellnern oder Getränkebestellungen entgegennehmen."

„Das ist ein Stripclub."

„Hast du ein Problem damit, wo ich arbeite?" Dmitri blickt mich unverwandt an.

„Nein, aber ich werde mich nicht für irgendeinen Mann ausziehen..."

„Du hast recht. Du wirst dich für keinen Mann ausziehen, außer für mich", sagt er.

Ich zittere und hoffe, dass er es nicht bemerkt. Seine Dominanz hat etwas an sich, das ein Feuer in mir entfacht.

„Wir sind nicht zusammen", sage ich und erinnere Dmitri daran, dass ich nicht zu ihm gehöre. Ich bin nicht seine Freundin. Wir sind nur Freunde.

„Sind wir nicht, aber vielleicht sollten wir es sein", sagt er. „Mach dir jetzt keinen Stress deswegen. Du sollst nur wissen, dass ich dich beschützen werde, egal was passiert."

Meine Lippen öffnen sich und ein leiser Luftzug entweicht. Der Raum ist warm und ich greife nach meinem zweiten Drink, den mir die Kellnerin an den Tisch gebracht hat, und schlucke ihn hinunter.

Ich bin mir sicher, dass ich errötet bin, aber das ist mir egal. Meine Augen blicken auf seine Brust hinunter. Ein Knopf ist noch halb offen und ich möchte ihn am liebsten aufmachen und ihm beim Ausziehen helfen.

Das Abendessen wird gebracht und unterbricht den Moment zwischen uns. Ich bin dankbar, dass Dmitri für mich bestellt hat. Die Schüssel mit der Suppe sieht köstlich aus und ich bezweifle, dass ich heute Abend noch viel mehr verdauen kann.

Ich bin sowohl müde vom Flug als auch erschöpft von der Tortur mit Antonio. In aller Ruhe esse ich meine Suppe, während Dmitri ein Sandwich verschlingt. Wir beide essen heute Abend ziemlich wenig.

Nach dem Essen machen wir uns auf den Weg zurück zum Resort. Auf dem Weg den Berg hinunter ist das Resort beleuchtet, sodass man es schon von Weitem sehen kann. Es ist, als würde man den Vegas Strip aus der Ferne betrachten, nur dass es sich um ein einziges Gebäude mitten im Nirgendwo handelt.

Es ist grandios.

Wir gehen in unser Zimmer. Es gibt nur ein Bett, aber das ist in Ordnung für mich. Es ist ja nicht so, als hätten wir noch nie ein Bett geteilt oder miteinander geschlafen.

Ich hole meinen Schlafanzug aus meiner Tasche und bringe ihn ins Bad, um mich umzuziehen. Ich putze mir die Zähne und als ich fertig bin, liegt Dmitri schon im Bett, die Decke bis zur Hüfte hochgezogen. Er hat kein Hemd an und ich kann nicht erkennen, ob er unter der Decke etwas an hat.

Dmitri hat die Nachttischlampe an, und ich schalte die anderen Lichter aus. Als ich die Decke zurückziehe, gebe ich nicht zu, dass ich enttäuscht bin, dass er Boxershorts trägt, obwohl sie leicht herunterfallen könnten. Aber nach der Nacht, die wir verbracht haben, würde ich es ihm nicht verübeln, wenn er mich nicht küssen wollte.

Er schaltet das Licht aus, als ich unter die Decke schlüpfe und neben ihm liege.

„Gute Nacht", flüstert er. Das Bett verschiebt sich, als er sich herumdreht und seinen Arm um meine Taille legt.

„Nacht", sage ich. Ich lege mich auf den Rücken, drehe meinen Hals und schaue ihn an. Das Zimmer ist stockdunkel, sodass ich sein Gesicht nur wenige Zentimeter von meinem entfernt nicht sehen kann.

———

Ich wache früh auf und drehe mich um, aber das Bett neben mir ist leer, die Laken sind kühl. Ich schlage die Augen auf und stelle fest, dass Dmitri im Badezimmer duscht.

Ich reibe mir den Schlaf aus den Augen, klettere aus dem Bett und bin erleichtert, als die Badezimmertür unverschlossen ist.

Ich schlüpfe ins Bad und ziehe mich aus.

„Sadie?"

„Die einzig Wahre", sage ich grinsend, während ich die Glastür aufschiebe und zu ihm in die Duschkabine klettere.

Er zieht mich an sich und knurrt, bevor unsere Lippen aufeinanderprallen. Meine Finger verheddern sich in seinen Haaren, während seine

Hände meine Taille umklammern, als würde sein Leben davon abhängen.

Vielleicht tut es das auch.

Ich habe ihn einmal gerettet.

Sein Schwanz ist hart, stößt mich an und verlangt nach Aufmerksamkeit.

Ich lasse mich auf die Knie fallen, meine Lippen nehmen ihn in sich auf, während meine Finger über seine Eier streichen.

„Scheiße", murmelt er und stützt sich mit der Hand an der Duschkabine ab.

Ich schaue zu ihm auf und ein verruchtes Lächeln huscht über mein Gesicht, weil ich jeden Moment mit ihm genieße. Meine Zunge fährt an seinem Schaft entlang und er greift mit einer Hand in mein Haar, wobei sich seine Finger in meinen Locken verheddern.

Jeder Atemzug, den er macht, ist ausgeprägter. Gequält.

„Sadie", singt er. Er wird nicht mehr lange durchhalten. Und ich bin froh, ihm zu gehorchen.

Ich nehme ihn tiefer in meine Kehle und schlucke alles, was er zu bieten hat.

Wir duschen gemeinsam zu Ende, seine Finger seifen jeden Zentimeter meines Körpers ein, seine Berührung ist besitzergreifend, während er mich markiert und für sich beansprucht. Er beißt mir in den Nacken, knabbert an meinem Fleisch, seine Finger winden sich in meiner schmerzenden Mitte und bringen mich an den Rand des Abgrunds, wieder, und wieder.

Es ist himmlisch, und meine Beine zittern, als wir das lauwarme Wasser abstellen. Dmitri wickelt mich in ein flauschiges, weißes Handtuch und nimmt sich dann selbst eins, um sich abzutrocknen.

„Was steht heute auf dem Programm?", frage ich, denn ich weiß, dass er den Mann, der ihn angeschossen hat, zur Rede stellen will. Ich kann mir nicht vorstellen, dass das etwas Gutes bringt.

Wenn der Mann weiß, dass Dmitri noch am Leben ist, wird er dann wieder versuchen, ihn zu ermorden?

Mein Inneres ist verwirrt und als ich mich anziehe zittern meine Hände . Ich behalte meine Bedenken für mich. Dmitri wäre allein hierhergekommen, wenn ich nicht darauf bestanden hätte, mitzukommen.

Er sollte nicht allein sein.

Verdammt, ich will nicht, dass er allein ist. Ich mag ihn mehr, als ich sollte, weil er ein Freund mit Zusatzleistungen ist.

Ich mag ihn sehr.

Das Probedinner und die Hochzeit rücken immer näher. Ich will nicht sein falsches Date sein. Ich möchte, dass es zwischen uns echt ist. Was wir teilen, fühlt sich nicht unecht an. Er hat es gestern Abend angesprochen, aber ich habe geschwiegen.

Nachdem wir uns angezogen haben, frühstücken wir noch schnell, bevor Dmitri wieder auf den Berg fährt. Er folgt den Anweisungen seines GPS-Geräts über die kurvenreiche Straße, bis wir vor einer kleinen Blockhütte halten.

Dmitri schaltet den Motor aus.

Vor dem Haus ist ein Geländewagen geparkt. Es gibt keine Garage oder irgendetwas anderes, was man braucht. Der Wald umgibt das Grundstück auf dem Berg.

Ich schnalle meinen Sicherheitsgurt ab und öffne die Tür.

„Warte", sagt Dmitri. Seine Stimme ist rau. Er räuspert sich. „Du solltest im Auto bleiben."

„Ich bin nicht den ganzen Weg mit dir gekommen, um im Auto zu sitzen." Ich ignoriere seine Bitte und er murrt leise, als er aussteigt.

Unsere Füße knirschen auf dem Schotter. Wir sind nicht leise, aber das scheint keine Rolle zu spielen. Keiner kommt mit einer Waffe herausgestürmt und bedroht uns.

Ich bin mir nicht ganz sicher, was ich erwartet habe, aber Stille ist es nicht.

Dmitri geht die hölzerne Verandatreppe hinauf, klopft laut und wartet, dass jemand antwortet.

Ich würde denken, dass sie auf der Arbeit sein könnten, wenn nicht ein Auto in der Einfahrt stehen würde. Es ist ein Wochentag.

Das Schloss klickt und eine Frau mit langen blonden Haaren macht die Tür auf. Ihre blauen

Augen treffen auf meine, bevor sie auf Dmitri landen.

„Dmitri", flüstert sie und ihre Augen flackern. Ihre Hand liegt schützend auf ihrem Babybauch.

„Savannah", sagt Dmitri und zuckt mit der Nase, als er an ihr vorbeischaut. „Ist Anton zu Hause?"

Sie antwortet nicht auf seine Frage, aber da er nicht zur Tür stürmt, vermute ich, dass er nicht da ist.

„Wie hast du uns gefunden?", fragt Savannah und atmet scharf ein. Sie bleibt vor dem Eingang stehen und bittet uns nicht herein. Ihr Blick schweift über Dmitri, aber er ist nicht intim. Sie mustert ihn, sucht ihn nach etwas ab.

Eine Waffe?

„Es war nicht so schwierig. Ich habe einen Privatdetektiv angeheuert. Lucys Schwester wohnt in der Stadt", sagt Dmitri.

„Scheiße", murmelt Savannah leise vor sich hin. Sie schüttelt den Kopf. Ihr Teint wird blass. Schweiß glänzt auf ihrer Stirn. „Bist du auf Mikhail's Befehl gekommen?"

Mikhail.

Warum sollte der Clubbesitzer wollen, dass Dmitri die beiden findet? Dmitri wurde erschossen.

Ich mache einen vorsichtigen Schritt zurück und versuche, alles in meinem Kopf zusammenzufügen. Steckt Mikhail hinter der Erschießung von Dmitri? Wenn das der Fall ist, warum vertraut er ihm dann noch? Warum zum Teufel arbeitet er für ihn?

„Ich bin meinetwegen hier", sagt Dmitri. „Ich will wissen, wer auf mich geschossen hat, verdammt noch mal. Warst du es oder dein hübscher kleiner Freund?"

Savannahs Lippen verziehen sich zu einem schiefen Lächeln. „Du erinnerst dich nicht mehr?"

Dmitris Hände ballen sich an der Seite zu Fäusten.

Wenn er sich erinnern würde, wären wir nicht hier, um ihm zu helfen, sich von dem Tag zu erholen, an dem er angeschossen wurde.

Die Blondine spricht weiter, ihre Augen sind auf ihn gerichtet. „Du und Nikita wart hinter Anton her. Die Bratva wollte mich töten, und Anton hat mein Leben gerettet, indem er seins riskiert hat."

„Die Bratva?," flüstere ich und meine Stimme bleibt mir im Hals stecken.

Savannah zieht eine Augenbraue hoch und blickt von mir zu Dmitri. „Sag nicht, du hast nicht erwähnt, dass du für die russische Bratva arbeitest?"

Ich trete zurück und stolpere die Verandastufen hinunter, aber ich falle nicht.

Dmitri war so sehr damit beschäftigt, dass ich mich von Antonio fernhalte, weil er die Mafia leitet, dass er vergessen hat zu erwähnen, dass er auch nicht besser ist.

Ich eile zu Fuß durch den Wald. Ich habe keine Autoschlüssel, um Dmitris traurigen Arsch zurückzulassen.

ZWÖLF

DMITRI

Mist! Das ist nicht so gelaufen wie geplant.

Sadie macht sich zu Fuß davon, als sie hört, dass ich für die Bratva arbeite.

„Vielen Dank!", schreie ich Savannah an. „Jetzt sieh mal, was du angerichtet hast", knurre ich sie an. Ich gestikuliere in Richtung des Waldes. „Es ist schlimm genug, dass dein Freund mich erschießt, aber du musst auch noch das einzig Gute, was ich habe, ruinieren!"

„Anton hat nicht auf dich geschossen", sagt Savannah. Ihre Stimme ist ruhig und sie ist viel entspannter, als sie es in ihrem Zustand sein sollte.

Nicht, dass ich einer schwangeren Frau etwas antun würde, aber sie sollte Angst haben. Wenn ich sie gefunden habe, können das die Bratvas auch.

„Wer zum Teufel war es dann? Du?" Das sollte mich nicht überraschen, wenn man bedenkt, dass sie vom FBI ist. Nun, sie war FBI-Agentin, als sie Anton kennenlernte. Sie war eine Undercover-Agentin und hat ihn verändert.

„Du erinnerst dich nicht", sagt Savannah. Sie lässt sich Zeit und blickt an mir vorbei auf den Wald.

Ich folge ihrem Blick. Sadie ist außer Sichtweite.

Die Schlampe hat Zeit gekauft, um Sadie von mir fernzuhalten!

Es ist mir scheißegal, wer auf mich geschossen hat. Sadie ist weg. Sie ist im Wald, und wer weiß schon, wo sie ist? Es gibt Grizzlys im Wald, und sie ist allein.

Ich mache auf dem Absatz kehrt und renne in die Richtung, in die Sadie gegangen ist, um ihr hinterherzujagen.

„Nikita hat auf dich geschossen!", schreit Savannah mich an, als ich von der Hütte weglaufe.

Ich kann nicht begreifen, was Savannah gesagt hat, denn ich wurde von einem meiner besten Freunde und engsten Verbündeten verraten. Aber ich habe Anton genauso vertraut wie Nikita. Mein Magen dreht sich um, aber nicht wegen der Nachricht, wer versucht hat, mich zu töten.

Es gibt kein Zeichen von Sadie.

„Sadie!" rufe ich und suche den Wald nach Anzeichen ab, wohin sie gegangen ist und welche Richtung sie eingeschlagen hat.

Es gibt mehrere abgebrochene Äste, aber sie gehen in zwei verschiedene Richtungen. Im Westen gibt es eine weitere Hütte, die über eine kleine Brücke und einen Wasserlauf zu sehen ist.

Könnte sie zu den Nachbarn gelaufen sein, um Hilfe zu bekommen?

Ich möchte niemanden mit hineinziehen, wenn sie nicht an deren Haustür geklopft hat.

Mist.

Es gibt keine Spur von ihr, nur das Geräusch des Wassers, das durch den Wald rieselt. Das Flussbett ist ziemlich trocken. Es kann nicht sein, dass Sadie weggeschwemmt wurde oder sich entschlossen hat, durch das Wasser zu laufen, damit ich ihre Fußabdrücke nicht sehe.

Ich drehe mich um. Die Hütte, in der Savannah lebt, ist immer noch zu sehen. Sadie muss noch weiter in den Wald hineingegangen sein. Ich laufe weiter, unsicher, ob ich in die richtige Richtung gehe. Sie könnte auf einen Baum geklettert sein oder eine Höhle gefunden haben, in der sie sich verstecken kann.

Ich hole mein Handy aus meiner Tasche. Überraschenderweise habe ich einen guten Empfang. Ich habe nur einen Versuch. Wenn sie ihr Handy ausschaltet, werde ich sie nicht finden können.

Ich rufe ihren Namen in meiner Kontaktliste auf und drücke auf Anrufen. In der Ferne kann ich ihr Telefon hören. Das Geräusch wird von den Bäumen und der Landschaft zurückgeworfen. Ich eile in die Richtung, bevor das Klingeln aufhört, und als ich es erneut versuche, geht direkt die Mailbox an.

Ich hinterlasse keine Nachricht.

Was sollte ich auch sagen?

Ich werde nicht am Telefon zugeben, dass ich für die Bratva arbeite. Das ist ein Gespräch, das man persönlich führen sollte.

Fahrzeuge fahren durch den Wald. Da vorn muss es eine Straße geben.

Keine zwanzig Minuten später trete ich aus der Lichtung heraus. Von Sadie gibt es keine sichtbaren Spuren. Ist sie per Anhalter gefahren? Ist sie im Wald geblieben? Vielleicht läuft sie den Berg hinunter?

Ich kann nicht weiter nach ihr suchen. Sie könnte überall sein, und es ist offensichtlich, dass sie nicht gefunden werden will.

Ich gehe die Bergstraße hinunter und erkenne die Einfahrt zu der Hütte, in der Savannah und Anton wohnen.

Savannahs Auto ist immer noch vor dem Haus geparkt.

Ich ziehe meine Schlüssel aus der Tasche und springe auf den Vordersitz. Ich fahre den Berg hinunter und halte auf der Straße nach einem Signal von Sadie Ausschau.

Sie ist nirgends zu sehen.

Ich mache mich auf den Weg zurück zum Hotel und erwarte nicht, sie in ihrem Zimmer zu finden, aber ich bin guter Hoffnung.

Sie ist nicht im Hotelzimmer. Ihre Kleidung ist unberührt. Ihre Habseligkeiten sind so, wie sie sie zuletzt verlassen hatte. Ich schaue an der Rezeption vorbei und erkundige mich, wo ich ein paar Dinge zum Wandern und Campen kaufen kann.

Ich werde eine Taschenlampe benötigen, wenn ich bei Sonnenuntergang im Wald bin. Wenn ich einem Bären begegne, brauche ich Bärenspray.

Im Resort gibt es einen Laden, in dem ich mich mit dem Nötigsten, ein paar Snacks und Wasserflaschen eindecke. Ich fahre den Berg zurück zur Hütte und klopfe erneut an Savannahs Tür.

„Ich habe sie nicht gesehen", sagt Savannah. „Hast du versucht, sie auf dem Handy anzurufen?"

Ich atme einen schweren Seufzer aus. Es ist schon ein paar Stunden her. Ich mache mir Sorgen, dass sie sich verlaufen hat und nicht weiß, wie sie hier rauskommt.

„Ja, sie hat es ausgeschaltet", sage ich.

„Oder sie hat dich blockiert. Wie lautet ihre Nummer?"

Ich gebe Savannah ihre Telefonnummer, und sie wählt und wartet. Ihre Augen leuchten, als sie abnimmt.

„Hallo?",

Savannah stellt sie auf den Lautsprecher, zeigt aber mit dem Finger auf meinen Hintern, um ihn zum Schweigen zu bringen. Wir wollen sie ja nicht erschrecken.

„Sadie, wo bist du?" Ich kann mich nicht zurückhalten.

Savannah blickt mich an, damit ich die Klappe halte.

„Ich weiß es nicht", sagt sie. Das Laub knirscht und im Hintergrund ist, ein Knurren zu hören. Ihre Stimme zittert. „Ich habe gerade zwei Jungtiere in der Nähe einer Höhle gefunden."

„Geh da weg", warne ich sie. „Die Mutter wird ihre Jungen beschützen."

„Ich—" Das Telefon ist tot.

Sadie könnte überall sein.

DREIZEHN

SADIE

Mitten ins nirgendwo zu rennen, war nicht die klügste Entscheidung, die ich je getroffen habe. Noch schlimmer war es, auf der Suche nach einem Unterschlupf auf zwei Bärenjunge zu treffen.

Ihre Mutter ist nicht weit entfernt.

Sie knurrt, als ich mich zurückziehe und den Kopf einziehe. Ich weiß nicht viel über Bären, aber bei Hunden möchte man sie nicht herausfordern. Ich nehme an, dass das auch bei einem bedrohlichen Blick so ist.

Ich wende meinen Blick ab und gehe mit langen Schritten rückwärts, um der Bärenmama zu entkommen, bevor sie angreift.

Mein Handy ist mir aus der Hand gefallen und gegen einen auf dem Boden liegenden Baumstamm geprallt. Es ist nutzlos. Ich weiß nicht, wo ich bin und wie ich aus dem Wald herauskomme.

Sich zu verlaufen, ist meine zweite Sorge. Die erste ist der aggressive Bär, der mir auf den Fersen ist.

Mit jedem Schritt, den ich rückwärts gehe, kommt sie zwei Schritte näher.

Ich habe nichts, was ich nach ihr werfen könnte. Ich kann keine lauten Geräusche machen, um sie zu verscheuchen. Ich bin nicht mehr in der Nähe ihrer Jungen, aber das scheint sie nicht zu interessieren, nur dass ich in der Nähe ihrer Babys war.

Ich will keine Bedrohung sein, aber es ist zu spät.

Betteln und Flehen werden mich nicht retten.

Ich gehe noch einen Schritt weiter, stolpere über einen Baumstamm und lande auf meinem Hintern.

Die Bärenmama nutzt die Gelegenheit und stürzt sich auf mich.

Ich schnappe mir einen Stein vom Boden und werfe ihn nach ihr.

Das ist nicht genug.

Ich schreie, finde einen weiteren Stein und werfe ihn auf die Bärin.

In der Ferne ertönt das Geräusch eines Gewehrs.

Der Bär ist auf mich fixiert.

Ich drücke mich auf den Boden und weiche nach hinten aus. Ich kann nicht auf die Beine springen, ohne dem Grizzly ins Gesicht zu sehen.

Der Bär ist aufgeregt. Wütend.

Sie stürzt sich auf mich, als ich zurückweiche. Ich bin mir sicher, dass ich erledigt bin. Es ist vorbei. Ich werde Allie nie wieder sehen. Meine Schwester wird sie großziehen müssen. Man sagt, dass dein Leben vor deinen Augen vorbeizieht.

Zwei dunkle Bärenaugen und scharfe Zähne starren auf mich herab. Der Bär packt mich an den Haaren und reißt an meinem Kopf, während ich entsetzt aufschreie.

Das ist es—das Ende.

Ein weiterer Schuss.

Ich schließe die Augen, denn der Schmerz in meinem Kopf und das Gewicht des Bären erdrücken meine Brust.

————

Ich erwache durch das Geräusch von Piepsen—weiche Baumwolllake,. Und eine steife Matratze in meinem Rücken. Meine Finger fahren über den Stoff, als meine Augen aufflattern.

„Sie ist aufgewacht", sagt die Blondine und gibt Dmitri ein Zeichen, zurück ins Krankenzimmer zu kommen. Er hat eine dampfende Tasse Kaffee dabei. Seine Augen sind voller Sorge.

Savannah ist nicht die Einzige, die an meiner Seite ist. Ich erkenne den Mann nicht, aber er hat seine Hand auf ihre Schulter gelegt. Ist das Anton?

„Gut, dass du wach bist", sagt der Fremde. „Ich sage dem Arzt Bescheid."

„Danke, Anton." Dmitri stellt seine Tasse Kaffee auf den Beistelltisch und kommt auf mein Bett zu, seine

Hand findet meine. „Du hast uns einen ziemlichen Schrecken eingejagt."

Ich nicke und zucke wegen der Schmerzen zusammen. Es könnte schlimmer sein. Mein Inneres fühlt sich zerquetscht an und mein Kopf pocht, aber ich lebe.

„Wie schlimm ist es?", frage ich. Ich habe mein Spiegelbild noch nicht gesehen. Habe ich noch Narben von dem Bärenangriff?

„Du warst seit ein paar Stunden bewusstlos, aber die Ärzte sind nicht besorgt. Ein paar geprellte Rippen und eine leichte Gehirnerschütterung."

„Das ist alles?" Meine Hände zittern, als ich sie auf meinen Schoß lege.

„Du hattest Glück, dass Savannah wusste, wo du bist. Wir haben das Quad genommen, um dich aufzuspüren und den Bären davon abzuhalten, dich anzugreifen."

„Habt ihr ihn getötet?", frage ich. Ich kann nicht anders, als mir Sorgen zu machen, dass die Jungen ohne ihre Mutter nicht überleben werden.

Savannah tätschelt meinen Arm. „Du hast Glück, dass du noch lebst. Ein paar Sekunden mehr und wir würden dich nicht im Krankenhaus besuchen."

Ich atme scharf aus. Ich bin wütend auf ihn, weil er mich angelogen und seine Identität verheimlicht hat, aber ich kann nicht ewig wütend auf ihn sein. Er hat mir das Leben gerettet.

Der Arzt kommt ins Zimmer und untersucht mich schnell, um sicherzustellen, dass es mir gut geht. Sie wollen mich noch einen Tag zur Beobachtung behalten.

Der Arzt geht, und Savannah zieht Anton hinter sich her. „Wir geben euch beiden eine Minute Zeit."

Ich bin mir nicht sicher, ob ich mit Dmitri allein sein will. Ich bin hin- und hergerissen zwischen Wut und Liebe. Es ist ein seltsames Gefühl.

Dmitri setzt sich auf einen Stuhl in der Nähe und zieht ihn näher an das Bett heran. Er greift nach meiner Hand, aber ich ziehe mich so schnell zurück, wie er mich berühren will.

„Es tut mir leid, dass ich dir nicht gesagt habe, für wen ich arbeite, aber ich wollte dich nicht in etwas Gefährliches hineinziehen."

Ich schnaufe leise vor mich hin. „Das ist absurd", sage ich. „Ich habe dich erschossen im Wald gefunden. Ich bin darin verwickelt, Dmitri."

Seine Zunge fährt heraus und streicht über seine Oberlippe. „Das bist du", gibt er zu und drückt sich mit einem schweren Seufzer aus. „Ich will, dass du und Allie in Sicherheit seid. Vor der Mafia und den wilden Tieren im Wald. Das kann ich nicht tun, wenn du mich nicht in deine Nähe lässt."

Er blickt auf meine Hände herunter und ich erlaube ihm diesmal, mich zu berühren. Es ist eine einfache Geste, nicht übermäßig intim.

Kleine Schritte.

„Ich habe nicht vor, jemals wieder in einen Wald zu gehen. Ich bin ein Stadtmädchen." Ich möchte heute Abend zurückfliegen. Ich vermisse mein Zuhause und mein Bett. Ich hätte nie gedacht, dass ich mich in New York City sicherer fühlen würde als in einer Kleinstadt, wahrscheinlich weil es in New York keine Grizzlys gibt.

Ich bin mir nicht sicher, ob ich ohne Albträume schlafen kann.

„Ich liebe dich, *Malishka*. Die ganze Zeit, in der ich so getan habe, als wären wir ein Paar, habe ich gemerkt, dass du die einzige Frau bist, die ich in meinem Leben haben will."

„Ich bin ein Pauschalangebot. Allie und ich."

„Umso besser", sagt er mit einem wachsenden Lächeln. „Heißt das, du nimmst mich zurück?"

So einfach ist das nicht. Er hat mich belogen, Geheimnisse bewahrt. Warum glaubt er, dass ich mich wieder auf seine Umarmung freue? Sicher, der Sex war fantastisch und ich habe es genossen, mit ihm zusammen zu sein, aber das war, bevor ich herausfand, dass er für die Bratva arbeitet.

Was hat er mir sonst noch verheimlicht?

„Ich weiß es nicht", stottere ich. „Du hast mir wehgetan. Du hast mich belogen und mein Vertrauen gebrochen."

Ich erwarte fast, dass er sich verteidigt. Dass er mir sagt, dass es keine Lüge war, sondern ein Versäumnis. „Du hast recht, Sadie. Es tut mir leid. Ich werde mich bessern. Ich werde keine Geheimnisse mehr vor dir haben."

VIERZEHN

DMITRI

Montana war ein verdammter Albtraum. Als Sadie von einem Bären angegriffen wurde, als sie herausfand, dass ich für die russische Bratva arbeite, und als ich von Anton erfuhr, dass Nikita mich angeschossen hat, wurde meine Welt auf den Kopf gestellt.

Sadie geht es ziemlich gut. Ihre Verletzungen sind nicht sichtbar. Die Gehirnerschütterung scheint sie überwunden zu haben, und die Prellungen an den Rippen werden einige Zeit brauchen, um zu heilen. Der Arzt hat ihr geraten, keine schweren Lasten zu heben, sich zu schonen und auszuruhen.

Ich trage ihren Koffer zum Privatflugzeug, während wir zurückfliegen, um Allie abzuholen und in unser Leben in der Stadt zurückzukehren. Ich freue mich darauf, nach Hause zu gehen, aber ich weiß nicht, was das für uns bedeutet.

Sie hat mich nicht in die Ecke gedrängt, wie ich dachte, und wir haben auf dem Rückflug noch viel zu besprechen.

Über uns.

Die Bratva.

Über ihren Job bei den Italienern.

Sie kann nicht zurück in die Bar gehen. Es ist zu gefährlich. Jetzt, wo Antonio weiß, dass sie mir gehört, könnte er sie benutzen, um an uns heranzukommen. Es wäre nicht das erste Mal, dass sie uns Ärger bereiten.

Sie setzt sich mir gegenüber und es wird ganz still, als wir abfliegen. Ich warte, bis wir auf Reiseflughöhe sind, bevor ich meinen Sicherheitsgurt löse.

„Wir müssen darüber reden, was passiert, wenn wir zu Hause sind."

Sie runzelt die Stirn und drückt ihre Hand auf ihren Kopf, als hätte sie Kopfschmerzen. „Brauchst du etwas gegen die Schmerzen?", frage ich. Die Ärzte hatten ihr ein paar Rezepte mitgegeben, falls sie sie brauchen sollte.

„Nein", sagt sie und lehnt sich zurück und versucht, sich in dem weißen Ledersessel zu entspannen. „Sprich weiter", sagt sie und gibt mir ein Zeichen, dass ich fortfahren soll.

„Ich meinte das, was ich neulich über deinen Schutz gesagt habe."

Ihre Stirn ist gerunzelt. Sie scheint sich nicht zu erinnern oder denkt, dass ich mich auf den Bärenangriff im Wald beziehe. Es waren ein paar lange Tage.

„Antonio wird die Verbindung zwischen uns nicht gefallen, egal ob wir Freunde sind oder nicht", sage ich. Obwohl ich sie am liebsten zu meiner Freundin machen und ganz für mich behalten würde, respektiere ich, dass sie viel durchgemacht hat und vielleicht noch nicht bereit ist, sich auf etwas einzulassen.

„Ja, ich erinnere mich, dass ich meinen Job verloren habe. Schon wieder." Sie wirft mir einen Blick zu, und ich fühle mich unbehaglich unter ihrer Beobachtung.

„Ich habe dir doch gesagt, dass Nikita dich als Barkeeperin oder Kellnerin einstellen wird."

„Das kannst du nicht wissen", sagt Sadie. „Du hast ja noch nicht einmal mit ihm gesprochen."

Da hat sie recht. Ich habe nicht mit ihm geschrieben oder ihn angerufen, während ich in Breckenridge war. Es war nicht sicher für Anton und Savannah.

Nikita hat Mikhail und seine Brüder verraten.

Anton und ich hatten eine intensive Diskussion, während Sadie im Krankenhaus lag. Er versicherte mir, dass er einfach nur in Ruhe gelassen werden und eine zweite Chance mit Savannah bekommen wollte.

Und Nikita, so falsch es auch gewesen sein mag, mich zu erschießen, hatte es getan, um die Familie zu schützen.

Mikhail hatte Scheiße gebaut und ohne Grund gehandelt, als er verlangte, dass Savannah hingerichtet wird, obwohl er selbst mit einer FBI-Agentin geschlafen und sie nach Hause gebracht hatte.

Auch wenn ich nicht mit Anton einverstanden bin, schätzte ich seine Offenheit und seine Sichtweise der Situation.

Da sie Sadie geholfen haben, hege ich keinen Groll mehr gegen sie. Außerdem waren sie nicht für die Schüsse auf mich verantwortlich.

Habe ich für Nikita ein paar Worte übrig, wenn ich ihn auf dem Gelände oder im Club sehe.

„Nikita wird dich einstellen", sage ich, ohne meinen Blick von ihr zu nehmen. „Er ist dafür verantwortlich, dass auf mich geschossen wurde, und wenn er nicht will, dass Mikhail herausfindet, dass er sich in etwas eingemischt hat, wo er nicht hingehört, wird er tun, was ich verlange."

„Du willst ihn erpressen?"

„So kann man es auch sehen", sage ich.

Ich hatte Glück, dass ich meine zweite Chance bekam, als Sadie mich fand, sonst wäre ich wahrscheinlich tot.

Sadie ist ruhig und nachdenklich. „Was ist mit Antonio? Muss ich mir Sorgen um meine Tochter machen? Sollten wir darüber nachdenken, New York zu verlassen und woanders hinzuziehen? Ich möchte nicht an einem anderen Ort im Wald leben, wo es Grizzlys gibt, aber Chicago oder Los Angeles wären sicher."

Ich greife nach ihren Händen und verschränke unsere Finger ineinander. „Du brauchst die Stadt nicht zu verlassen. Ich habe dir gesagt, dass ich dich beschützen werde."

„Du kannst nicht jede Minute hier sein, Dmitri. Ich muss wissen, dass die Mafia nicht hinter meiner Tochter her ist."

„Heirate mich."

„Was?"

Ich lächle und lache über ihren entsetzten Gesichtsausdruck. „Entspann dich."

„Jetzt schlägst du vor, dass wir eine Scheinehe eingehen?" Sie schüttelt den Kopf. „Du das ist zu viel."

„Das wollte ich nicht vorschlagen." Eines Tages will ich sie wirklich heiraten. Es ist noch zu früh, aber ich möchte, dass sie weiß, dass meine Familie sie beschützen wird. Und ich will, dass die Italiener sehen, dass sie zu uns gehört.

„Nun?" Sie wartet darauf, dass ich weiter ausführe.

„Du und Allie zieht bei mir ein. Ich wohne auf dem Gelände mit anderen Mitgliedern der Bratva."

„Dmitri, nein."

„Hör mir einfach zu", sage ich, nehme ihre Hände und drücke sie sanft. „Sie sind meine Familie und sie werden dich beschützen. Sie würden für dich sterben. Und was noch wichtiger ist: Antonio wird nicht in die Nähe des Hauses kommen."

Sie atmet schwer aus. „Ihr zwei seid Feinde?"

„Das stimmt. Und wenn du den Anschlag mitbekommst und er herausfindet, dass wir zusammen sind, wirst du zur Zielscheibe. Ich kann deine Wohnung weiterhin bewachen lassen, aber ich kann nicht versprechen, dass er nicht kommt und dich belästigt. Ich bin sicher, dass er weiß, wo du wohnst, da du für ihn arbeitest."

„Oh, er weiß definitiv, wo ich wohne. Er hat meine Tochter getroffen", sagt Sadie und zieht eine Grimasse. „Ich habe ihn dummerweise in meine Wohnung gelassen, um auf die Toilette zu gehen."

„Du hast was?" Meine Hände ballen sich zu Fäusten, als ich aufstehe und durch das kleine Flugzeug gehe. „Er hat Allie getroffen?"

„Nur kurz", sagt Sadie. „Ich habe mir nichts dabei gedacht."

„Er könnte eine Wanze in eurer Wohnung angebracht haben. Ich werde einen unserer Männer die Wohnung durchsuchen lassen, sobald wir zurück sind. Es sei denn, du bist bereit, mit mir unter meinem Dach zu leben."

Sie schürzt die Lippen und denkt über die Bitte nach. „Es sind nur ein paar erwachsene Männer? Das klingt nicht gesund für Allie."

„Es gibt noch andere Familien auf dem Gelände. Einige von ihnen haben Kinder. Allie wird das älteste der Kinder sein, aber ich bin sicher, dass sie sich gut einfügt. Sie wird ihr eigenes Zimmer haben, und wir würden uns ein Zimmer teilen."

„Und dein Chef wäre damit einverstanden?"

„Das wäre er, wenn wir verlobt wären", sage ich.

Sadie öffnet den Mund und ich schwöre, dass sie gleich protestieren wird.

„Wir müssen keinen Hochzeitstermin festlegen", sage ich. „Aber unsere Verlobung sollte ausreichen, um Mikhail davon zu überzeugen, dich und Allie mit nach Hause zubringen."

„Darf ich darüber nachdenken?"

„Natürlich. Aber ich möchte, dass du es weißt", sage ich, beuge mich vor und nehme ihre Hände in meine. Es ist kein Antrag. Ich habe keinen Ring und ich bezweifle, dass sie Ja sagen würde. „Ich tue das, weil ich dich liebe und mein Leben mit dir und deiner Tochter verbringen möchte."

FÜNFZEHN

SADIE

Wenn Dmitri mir einen Antrag gemacht hätte, bin ich mir nicht sicher, ob ich Ja gesagt hätte. Aber er ist mir wichtiger, als es für eine unechte Beziehung sein sollte.

Und das Komische ist, dass es sich bei uns noch nie unecht angefühlt hat.

Nachdem wir Allie aus Nova Scotia abgeholt haben, erzähle ich ihr die Neuigkeiten, ohne alles zu sagen. Sie muss nicht zu wissen, dass der Mann, in den ich mich verliebt habe, mit der russischen Bratva zusammen arbeitet.

Das ist ein Geheimnis, das meine dreizehnjährige Tochter wohl nicht für sich behalten kann.

Sie ist begeistert, dass wir wieder zusammen sind und in einem neuen Haus leben werden. Obwohl sie viel mehr Fragen hat, als ich Antworten geben kann, habe ich ihr versprochen, dass wir einen Schritt nach dem anderen machen werden.

„Das Haus ist so groß!", sagt Allie. Ihr bleibt der Mund offen stehen, als wir an den schmiedeeisernen Toren und dem Eingang der Wachen vorbeifahren.

„Unsere Familie lebt hier. Wir alle, unter einem Dach", sagt Dmitri.

„Wie deine Eltern und Großeltern?", fragt Allie.

„Meine Brüder."

„Das ist so cool! Ich wünschte, ich hätte Geschwister. Es wäre toll, mit ihnen zu leben, wenn wir groß sind."

Ich atme nervös aus, weil ich nicht will, dass Allie noch mehr über Dmitri und seine Familie herausfindet. Sie ist ein intelligentes junges Mädchen und klug genug, um herauszufinden, dass diese Männer nicht biologisch mit ihm verwandt sind.

„Bist du sicher, dass es okay ist, wenn wir hier bei dir bleiben?", frage ich. Ich möchte kein Hindernis sein.

„Ich bestehe darauf. Und ich habe bereits deine Nachbarin kontaktiert, die auf Kona aufpasst. Sie wird ihn heute Abend vorbeibringen." Dmitri hält vor dem Haupteingang und stellt den Wagen in die Parkposition. Ich steige aus. Das Herrenhaus steht offensichtlich auf zwei Grundstücken und ist gut gepflegt.

Dmitri öffnet den Kofferraum und holt unser Gepäck von der Reise heraus. Wir haben schon darüber gesprochen, dass wir in die Wohnung zurückkehren müssen, um unsere Sachen zu packen, aber er hat darauf bestanden, dass er alles von einem Umzugsunternehmen erledigen lässt. Wir sollen nicht in die Wohnung zurückkehren, wenn er uns nicht begleitet.

Allie bewundert das Äußere des Gebäudes, während sie vor der Tür steht und die kunstvollen Verzierungen, das Dekor und die Architektur betrachtet. „Wow."

„Ich weiß. Es heißt, die Fassade ist aus echtem Gold",
flüstert Dmitri Allie etwas zu laut zu.

Ihre Augen leuchten auf. „Wirklich?"

Dmitri zuckt mit den Schultern. „Das habe ich
gehört."

Ich lächle und beobachte die beiden, wie sie
miteinander umgehen. Er kann gut mit Allie
umgehen. Sie hatte noch nie eine männliche
Bezugsperson und der Gedanke, dass die Männer,
mit denen sie aufwächst, Mitglieder der Bratva sein
werden, macht mir Angst.

Aber wenn sie so sind wie Dmitri, wird es nicht so
schlimm sein. Ich mag ihn von ganzem Herzen,
deshalb fiel es mir auch so leicht, zuzustimmen, bei
ihm einzuziehen. Ich hatte meine Zweifel, aber er
hat mir versprochen, mich zu beschützen, und da
die italienische Mafia im Schatten lauert, ist das die
sicherste Option.

Allie legt ihren Arm in seinen und lässt sich von ihm
ins Haus begleiten. Er stellt das Gepäck am Eingang
ab und führt uns durch das Innere des Hauses.

Das Haus ist wunderschön. Die Treppe auf der
rechten Seite führt spiralförmig in den zweiten

Stock hinauf. Dmitri führt uns zuerst durch das Erdgeschoss und stellt uns die anderen Kinder und ihre Mütter im Spielzimmer vor, bevor er uns das Esszimmer, die Küche und das Badezimmer zeigt.

Die Tour geht oben weiter. Dmitri schnappt sich unsere Taschen. Er lässt mich nichts tragen, und er hat recht, ich muss meine Rippen nach dem Vorfall mit dem Bären erst einmal heilen lassen.

Dmitri zeigt Allie ihr Zimmer und nebenan ist unser Zimmer. Ich bin erleichtert, dass ihr Schlafplatz ganz in der Nähe ist.

Sie lässt sich auf die Matratze plumpsen und schaut sich in dem kargen Raum um. Es gibt eine Kommode gegenüber dem Bett und einen Nachttisch, aber sonst nicht viel.

„Darf ich das Zimmer dekorieren?", fragt sie.

„Wenn du Poster an die Wände hängen willst, ist das sicher in Ordnung."

„Was ist mit Farbe?" Ein breites Grinsen breitet sich auf ihrem Gesicht aus. „Ich wollte schon immer mein Zimmer streichen, aber das ging nicht, weil es eine Wohnung ist."

Dmitri schenkt ihr ein warmes Lächeln. „Das wird unser erster Punkt auf der Tagesordnung sein."

„Wirklich?" Allies Augen leuchten auf.

„Morgen früh fahren wir in den Laden und du kannst dir eine Farbe für dein Zimmer aussuchen."

„Super!"

„Danke", flüstere ich, greife nach Dmitris Hand und verschränke unsere Finger miteinander. Ich bin dankbar für alles, was er getan hat, auch dafür, dass sein Chef mich als Barkeeperin im Club Sage angestellt hat.

—————

Nach dem Abendessen scheint sich Allie in ihrem neuen Schlafzimmer einzurichten und liest ein Buch, während Kona sich auf ihrem Welpenbett zusammenrollt.

Dmitri hat Allie angeboten, ein Bücherregal zu kaufen, das sie mit so vielen Büchern wie sie möchte füllen kann, wenn sie verspricht, sie alle zu lesen. Das Mädchen ist im siebten Himmel.

„Komm mit mir", sagt Dmitri, nimmt meine Hand und führt mich die Treppe hinunter durch die Hintertür. Dort gibt es einen üppigen, blühenden Garten mit Lichtern, die den Weg beleuchten und sich um das Dach und die Beine der Pergola winden.

Es ist wunderschön.

Der Sonnenuntergang ist schon eine Weile her, aber bei der Lichtverschmutzung durch die Stadt ist es schwierig, die Sterne zu sehen.

„Wie geht es dir?", fragt Dmitri. Er führt mich zu einer Holzbank und wir setzen uns.

„Mir tut alles weh, aber sonst geht es mir gut. Bist du sicher, dass wir vor der Mafia sicher sind?"

„Ich verspreche dir, dass Antonio und seine Männer dir nichts antun werden. Du musst dir keine Sorgen machen, *Malishka*."

„Danke." Ich atme erleichtert auf. Antonio ist immer noch da draußen, aber mit dem Schutz von Dmitri und seinen Brüdern vertraue ich darauf, dass meine Tochter und ich sicher sein werden.

„Ich habe mir Sorgen um dich im Krankenhaus gemacht." Seine Finger schieben eine Haarsträhne zurück und stecken sie hinter mein Ohr.

„Ich bin froh, dass du mich gefunden hast, bevor es noch schlimmer wurde." Ich erschaudere bei den Erinnerungen, die mich durchfluten. Ich hätte nicht leichtsinnig in den Wald rennen dürfen. Ich hätte mich tagelang verirren und verhungern können, oder der Bär hätte nur zwei Minuten länger gebraucht, und ich wäre zu Tode gebissen worden.

Dmitris Hand streicht mit sanften, beruhigenden Bewegungen über meinem Rücken und ich lege meinen Kopf auf seine Schulter. „Als ich dich fast verloren hätte, wurde mir klar, dass ich ohne dich nicht mehr leben will."

Ich lege meine Hand auf seinen Oberschenkel. „Ich hätte dich fast verloren, bevor ich überhaupt wusste, wer du bist", flüstere ich und denke an den Tag zurück, an dem ich ihn erschossen auf dem Waldboden fand.

„Ich liebe dich", flüstert Dmitri.

Ich neige meinen Kopf zu ihm und bewege mich leicht, als seine Lippen über die meinen streichen, ganz langsam und vorsichtig. Seine Küsse sind immer leidenschaftlich, und ich kann nicht wild und ungebändigt vor Verlangen sein, während ich heile.

„Ich hasse es, die Dinge langsam anzugehen."

Dmitri kichert und Tränen füllen seine Augen vor Lachen.

„Was?", frage ich und verstehe nicht, warum er so sehr lacht.

„Ich dachte, du wolltest sagen, dass ich dich hasse."

Ich runzle verwirrt die Stirn. „Warum sollte ich das sagen?" Das ist der am weitesten entfernte Gedanke in meinem Kopf und unwahr.

Ich bin nicht glücklich darüber, dass er mich über seinen Arbeitgeber angelogen hat, aber ich hätte ihn nie in die Nähe meiner Tochter oder in meine Nähe gelassen. Ich würde für die Moretti-Familie arbeiten, und wenn ich Antonios Geheimnis entdeckt hätte, wären meine Tochter und ich wahrscheinlich tot.

„Ich weiß nicht", sagt Dmitri und lacht.

„Es fällt mir nicht leicht, das zu sagen, aber ich mag dich sehr."

„Du liebst mich?", fragt er und hebt neugierig eine Augenbraue. „Ist das der nächste Schritt vor der Liebe, aber nach der Liebe?"

„Kann sein", sage ich lächelnd und kaue auf meiner Unterlippe. „Ich war noch nie verliebt, jedenfalls nicht so, wie du es dir vorstellst. Natürlich liebe ich meine Tochter, aber das ist etwas anderes."

„Das ist verständlich."

„Was ist mit dem Mann, der dir Allie geschenkt hat?", fragt Dmitri.

„Er ist kaum ein Mann. Als er erfuhr, dass ich schwanger bin, ist er abgehauen."

Dmitri knurrt. „Feigling."

„Ich habe im Laufe der Jahre gelernt, mich auf niemanden zu verlassen. Das ist wahrscheinlich einer der Gründe, warum ich bis ich dich kennenlernte mit niemandem ausgegangen bin."

„Dreizehn Jahre? Heißt das, du bist schon so lange enthaltsam?"

Ich presse meine Lippen aufeinander und die Luft draußen fühlt sich warm an. Bin ich rot geworden? Wenigstens verdeckt die Dunkelheit die Farbe auf meinen Wangen. Ich schaue auf meinen Schoß und weiche seinem erhitzten Blick aus.

„Das musst du nicht beantworten", sagt Dmitri. „Es geht mich nichts an."

Ich bin erleichtert, obwohl ich ihm wahrscheinlich alles sagen würde, was er wissen will, ist es mir auch peinlich. „Du bist der einzige Mann, mit dem ich je eine falsche Beziehung und einen echten Orgasmus hatte."

Seine Kinnlade fällt herunter und er lacht. „Willst du mir damit sagen, dass du in deinen echten Beziehungen normalerweise einen unechten Orgasmus hast?"

Ich lächle und nicke leicht.

„Das ist nicht gut", knurrt er und lehnt sich näher an mich heran, wobei seine Lippen meine berühren.

Ich wimmere, nicht vor Schmerz, sondern vor Verlangen.

Er zieht sich zurück. „Habe ich dir wehgetan?"

„Oh nein", flüstere ich gegen seine Lippen. Mein Inneres pulsiert vor Verlangen. Er hat die unheimliche Fähigkeit, mir weiche Knie zu verschaffen. „Aber wir müssen es langsam angehen."

Er hebt mich in seine Arme und trägt mich zum Haus.

„Dmitri, lass mich runter!" Ich schreie vor Lachen und ziehe eine Grimasse, weil mein Kichern schmerzt.

Er willigt ein. „Ich setze nur deine Füße ab, damit du dich nicht noch mehr verletzt." Seine Beharrlichkeit ist süß und ich möchte ihn küssen, bis die Sonne aufgeht und unsere Körper zu einer Einheit verschmelzen.

Vielleicht ist es gar nicht so schlecht, es langsam anzugehen. Wir können wirklich jeden Moment auskosten, während wir zu einer Familie zusammenwachsen.

Und ich glaube, ich bin dabei, mich unsterblich in ihn zu verlieben.

Vielleicht habe ich nur zu viel Angst, es laut zu sagen?

EPILOG

DMITRI

„Bist du fertig?", frage ich und klopfe an die Badezimmertür, um Sadie ihre Privatsphäre zu lassen, während sie sich für Lukas Hochzeit anzieht.

Vor einigen Wochen habe ich Nikita zur Seite genommen, nachdem ich Anton in Breckenridge besucht hatte.

Nikita erzählte mir alles. Er fühlte sich schrecklich und schuldig, weil er auf mich geschossen hatte und wochenlang dachte, dass ich tot sei. Er hatte Albträume, von denen nur Lucy wusste.

Ich verstand, was er getan hatte: Er wollte Zeit gewinnen, damit Anton und Savannah fliehen konnten. Er wollte die Familie nicht verraten, genauso wenig wie Anton es mit Savannah vorhatte.

Und obwohl es schmerzte, dass er mir nicht vertraute und sich für sie entschied, führte mich das alles zu Sadie.

Das Universum hatte einen verrückten Plan für mein Glück, und ich würde ihn akzeptieren, auch wenn ich immer noch verbittert darüber war, dass ich angeschossen und dem Tod überlassen wurde.

Mikhail wurde über den Aufenthaltsort von Anton und Savannah im Unklaren gelassen. Nikita und ich waren uns einig, dass es für alle Beteiligten sicherer wäre. Mikhail hatte sich danebenbenommen, weil er ohne ausreichende Informationen zu voreilig gehandelt hatte.

Ich hatte die Situation zu dem Zeitpunkt nicht ganz verstanden. Mikhail hatte mir Anweisungen gegeben und ich hatte sie befolgt.

Niemand würde es wagen, dem Pakhan zu sagen, dass er es vermasselt hatte. Er hatte das Sagen, und die Last seiner Taten würde auf seinen Schultern und denen seiner Männer lasten, die glaubten, dass er es getan hatte, um die Familie zu schützen.

Auch Nikita hatte getan, was er für nötig hielt.

Endlich öffnet sich die Badezimmertür und Sadie tritt in einem tiefvioletten Kleid heraus. Es ist knielang und hat einen ausladenden Rock. Ihr Haar ist gelockt und an den Seiten hochgesteckt. Sie ist wunderschön und gehört nur mir.

„Sollen wir sehen, ob Allie fertig ist?", fragt Sadie.

„Das Kind ist schon seit zwanzig Minuten fertig."

„Ich bin kein Kind!", schreit Allie aus unserem Schlafzimmer. Sie sitzt am Rand der Matratze und wartet so geduldig, wie es ein dreizehnjähriges Mädchen nur kann, wenn man bedenkt, dass sie ganz ungeduldig ist, nach unten zu gehen und Kuchen zu essen.

Sie hat schon viermal gefragt, wann das glückliche Paar die Torte anschneidet und sie ein Stück davon haben kann.

„Du hast recht. Es tut mir leid", sage ich zu Allie und entschuldige mich dafür, dass ich sie ein Kind genannt habe. Sie ist Sadies Kind, aber sie ist kein Kind. „Ich hätte sagen sollen, dass die junge Dame seit zwanzig Minuten fertig ist."

Allie strahlt stolz und steigt von der Matratze herunter, um ihre neuen schwarzen Schuhe zu testen. Sie sind nicht zu hoch und plattformartig, aber sie ist immer noch unsicher darin.

Ich biete ihr meinen Arm an, und sie nimmt ihn gerne an. „Danke, Pa-Dmitri", sagt sie.

Ich schaue sie an und bin neugierig auf ihren Ausrutscher. Wollte sie mich etwa Papa nennen? Meine Brust schwillt an, aber ich will sie nicht drängen. Es ist erst ein paar Wochen her, dass Sadie und Allie bei mir eingezogen sind.

Ein Schritt nach dem anderen.

Sadie kommt aus dem Bad und lehnt sich gegen die Wand, während sie auf ihren Absätzen ausrutscht. „Ich bin fertig."

Ich gebe Sadie ein Zeichen, dass sie zuerst aus dem Schlafzimmer gehen soll, während ich Allie die Treppe hinunter helfe. Ich vertraue nicht darauf, dass das Mädchen nicht stürzt, da es das erste Mal in Stöckelschuhen ist.

Allie lehnt sich an mein Ohr, sobald ihre Mutter einige Schritte vor uns ist. „Hochzeiten sind super romantisch", flüstert sie. „Wirst du ihr heute Abend die Frage stellen?"

Ich lächle und bin dankbar, dass das Kind, oder besser gesagt die junge Dame, mir den Rücken stärkt und will, dass ich ein fester Teil ihrer Familie werde. „Ich möchte Luka und Hannah nicht von ihrem besonderen Tag abhalten", sage ich.

Allie nickt nachdenklich. „Stimmt. Wenn du das tust, hast du meine Erlaubnis."

„Danke, Kind."

„Es heißt junge Dame", erwidert sie mit einem schiefen Grinsen.

———

Danke, dass du Dangerous Boss gelesen hast. Ich hoffe, Sadie und Dmitri haben dir gefallen.

Willst du mehr dampfende Romantik? Lies die Geschichte von Clare und Levi in Mürrischer Milliardär.

Ein mürrischer Milliardär sucht verzweifelt nach einem Kindermädchen für seine fünfjährige

Tochter. Erwarte, dass du bis spät in die Nacht arbeitest, kein Sozialleben hast, viele Tränen vergießt und absolut keinen Alkohol, keine Drogen, keine Partys und keinen Spaß hast.

Das war die Anzeige, die heute Morgen geschaltet wurde. Meine Assistentin hatte genug von meinem Blödsinn und beschloss, mir eine Kostprobe meiner eigenen Medizin zu geben.

Ich bin CEO von Luxenberg Enterprises. Ich leite die größte Hotelkette in den Vereinigten Staaten und wir planen, unser Unternehmen weltweit zu vermarkten.

Nichts wird meinem Erfolg im Wege stehen, außer der Tatsache, dass ich gerade erfahren habe, dass ich Vater geworden bin.

Ich bin nicht bereit für ein Kind.

Aber das scheint keine Rolle zu spielen, denn Amelias Mutter ist gerade gestorben. Es hat sich herausgestellt, dass ich der biologische Vater des Kindes bin und sie niemanden sonst hat. Entweder ich oder eine Pflegefamilie.

Und ich werde sie auf keinen Fall bei Fremden unterbringen. Nicht, dass ich etwas über Amelia wüsste. Ich wusste bis letzte Woche nicht einmal, dass es sie gibt.

Ich bin mit dem Kind überfordert, aber ich weigere mich, ein Kindermädchen einzustellen, das auf die Suchanzeige eines Milliardärs antwortet. All diese Frauen stehen Schlange, um einen Ehemann zu finden.

Zu meinem Glück hatte mein Privatflugzeug einen mechanischen Defekt und der Pilot hat eine Magen-Darm-Grippe. Ich hasse es, kommerziell zu fliegen, aber ich muss von Chicago nach Hause kommen, also buche ich die erste Klasse. Das beschwipste Mädchen neben mir erzählt mir von ihrer lieblosen Ehe, ihrem narzisstischen Ex und davon, wie schwer sie es hat, einen Job und eine neue Wohnung zu finden, seit sie ihren Mann verlassen hat.

Jackpot.

Sie hat keine Ahnung, wer ich bin oder was ich wert bin. Ich glaube, ich habe gerade mein neues Kindermädchen gefunden. Und ich bin dabei, mich in sie zu verlieben.

WERBEGESCHENKE, KOSTENLOSE BÜCHER UND MEHR GOODIES

Ich hoffe, dass dir Zwanghafter Boss gefallen hat und du die Geschichte von Savannah und Anton magst.

Melde dich für meinen Willow Fox Newsletter an

Wenn dir Zwanghafter Boss gefallen hat, nimm dir bitte einen Moment Zeit, um eine Rezension zu hinterlassen. Rezensionen helfen anderen Lesern, meine Bücher zu entdecken.

Du weißt nicht, was du schreiben sollst? Das ist okay. Er muss nicht lang sein. Du kannst erzählen, wie du mein Buch entdeckt hast: War es eine Empfehlung von einem Freund oder einem Buchclub? Lass die

Leserinnen und Leser wissen, wer dein Lieblingscharakter ist oder was du gerne als Nächstes sehen würdest.

Vielen Dank fürs Lesen! Ich hoffe, dass du dich in meine Mailingliste einträgst, damit ich dich über kostenlose Bücher, Werbeaktionen, Werbegeschenke und Neuerscheinungen informieren kann.

ÜBER DIE AUTORIN

Willow Fox liebt das Schreiben seit ihrer Highschoolzeit (vor vielen Jahren). Ihre Kleinstadtromane spiegeln das Leben in einer Kleinstadt im ländlichen Amerika wider.

Egal, ob sie Liebesromane schreibt oder draußen am Lagerfeuer sitzt und ein gutes Buch liest, Willow liebt die Magie des geschriebenen Wortes.

Sie träumt davon, von den Füßen gerissen zu werden und hofft, dass sie das auch bei ihren Lesern erreichen kann!

Besuche ihre Website unter:

https://authorwillowfox.com

AUCH VON WILLOW FOX

Eagle Tactical Serie

Enthüllt: Jaxson

Verheimlicht: Mason

Versteckt: Lincoln

Verborgen: Jayden

Mafia Ehen

Geheimes Gelübde

Gefangenschafts Gelübde

Wildes Gelübde

Widerwilliges Gelübde

Rücksichtsloses Gelübde

Gebrüder Bratva

Brutaler Boss

Böser Boss

Besitzergreifender Boss

Zwanghafter Boss

Gefährlicher Boss